合格班日檢聽力 逐步解說&攻略問題集

〔全真模擬試題〕完全對應新制

考試分數大躍進
累積實力
百萬考生見證
應考秘訣

5

根據日本國際交流基金考試相關概要

N5

山田社日檢題庫組
西村惠子・吉松由美・田中陽子 ◎合著

MP3

山田社
Shan Tian She

前言

preface

配合最新出題趨勢，模考內容全面換新！
100% 充足｜題型完全掌握
100% 準確｜命中精準度高
100% 擬真｜臨場感最逼真
100% 有效｜解題關鍵完全破解
百萬考生見證，權威題庫，就是這麼威！

● 100% 充足｜題型完全掌握

新日檢 N5 聽力測驗共有 4 大主題：理解課題、理解重點、發言表達、即時回應。本書籍依照新日檢官方出題模式，完整收錄六回模擬試題，並把題型加深加廣。有了完整題型，戰勝日檢絕對「一次」合格。

● 100% 準確｜命中精準度高

為了掌握最新出題趨勢，為了幫您贏得高分，《合格班 日檢聽力 N5一逐步解説＆攻略問題集》特別邀請多位日籍老師，在日本長年持續追蹤新日檢出題內容，分析並比對近 10 年新、舊制的日檢 N5 聽力出題頻率最高的題型、場景、慣用語、寒暄語…等，不管日檢考試變得多刁鑽，掌握了原理原則，就能精準命中考題！

● 100% 擬真｜臨場感最逼真

本書籍出題形式、場景設計、出題範圍，完全模擬新日檢官方試題，並特地聘請專業日籍老師錄製符合 N5 程度的標準東京腔光碟。透過模擬考的練習，讓您提早體驗考試的臨場感。把這 6 回「聽懂，聽透，聽爛」，上考場就能穩住陣腳、發揮實力，題目一聽完，立馬知道答案。

● 100% 有效｜解題關鍵完全破解

確實做完這 6 回模擬考題，再透過名師詳細解析，逐步破解：抓出每題的「重要關鍵」，詳細説明解題技巧；學會利用「關鍵字」的解題術，讓答案一點就通；學會找出題目背後所隱藏的的關鍵問題，訓練快速解題能力。這樣，有了高分解析，來累積您日檢硬實力，自學拿高分絕對沒問題！

目錄

contents

N5 JLPT

新「日本語能力測驗」概要

JLPT

一、什麼是新日本語能力試驗呢

1. 新制「日語能力測驗」

從2010年起，將實施新制「日語能力測驗」（以下簡稱為新制測驗）。

1－1 實施對象與目的

新制測驗與現行的日語能力測驗（以下簡稱為舊制測驗）相同，原則上，實施對象為非以日語作為母語者。其目的在於，為廣泛階層的學習與使用日語者舉行測驗，以及認證其日語能力。

1－2 改制的重點

此次改制的重點有以下四項：

1 測驗解決各種問題所需的語言溝通能力

新制測驗重視的是結合日語的相關知識，以及實際活用的日語能力。因此，擬針對以下兩項舉行測驗：一是文字、語彙、文法這三項語言知識；二是活用這些語言知識解決各種溝通問題的能力。

2 由四個級數增為五個級數

新制測驗由舊制測驗的四個級數（1級、2級、3級、4級），增加為五個級數（N1、N2、N3、N4、N5）。新制測驗與舊制測驗的級數對照，如下所示。最大的不同是在舊制測驗的2級與3級之間，新增了N3級數。

N1	難易度比舊制測驗的1級稍難。合格基準與舊制測驗幾乎相同。
N2	難易度與舊制測驗的2級幾乎相同。
N3	難易度介於舊制測驗的2級與3級之間。（新增）
N4	難易度與舊制測驗的3級幾乎相同。
N5	難易度與舊制測驗的4級幾乎相同。

「N」代表「Nihongo（日語）」以及「New（新的）」。

3　施行「得分等化」

由於在不同時期實施的測驗，其試題均不相同，無論如何慎重出題，每次測驗的難易度總會有或多或少的差異。因此在新制測驗中，導入「等化」的計分方式後，便能將不同時期的測驗分數，於共同量尺上相互比較。因此，無論是在什麼時候接受測驗，只要是相同級數的測驗，其得分均可予以比較。目前全球幾種主要的語言測驗，均廣泛採用這種「得分等化」的計分方式。

4　提供「日語能力測驗Can-do List」（暫稱）作參考

為了瞭解通過各級數測驗者的實際日語能力，新制測驗經過調查後，提供「日語能力測驗Can-do List」（暫稱）。本表列載通過測驗認證者的實際日語能力範例。希望通過測驗認證者本人以及其他人，皆可藉由本表更加具體明瞭測驗成績代表的意義。

1－3　所謂「解決各種問題所需的語言溝通能力」

我們在生活中會面對各式各樣的「問題」。例如，「看著地圖前往目的地」或是「讀著說明書使用電器用品」等等。種種問題有時需要語言的協助，有時候不需要。

為了順利完成需要語言協助的問題，我們必須具備「語言知識」，例如文字、發音、語彙的相關知識、組合語詞成為文章段落的文法知識、判斷串連文句的順序以便清楚說明的知識等等。此外，亦必須能配合當前的問題，擁有實際運用自己所具備的語言知識的能力。

舉個例子，我們來想一想關於「聽了氣象預報以後，得知東京明天的天氣」這個課題。想要「知道東京明天的天氣」，必須具備以下的知識：「晴れ（晴天）、くもり（陰天）、雨

（雨天）」等代表天氣的語彙；「東京は明日は晴れでしょう（東京明日應是晴天）」的文句結構；還有，也要知道氣象預報的播報順序等。除此以外，尚須能從播報的各地氣象中，分辨出哪一則是東京的天氣。

如上所述的「運用包含文字、語彙、文法的語言知識做語言溝通，進而具備解決各種問題所需的語言溝通能力」，在新制測驗中稱為「解決各種問題所需的語言溝通能力」。

新制測驗將「解決各種問題所需的語言溝通能力」分成以下「語言知識」、「讀解」、「聽解」等三個項目做測驗。

語言知識	各種問題所需之日語的文字、語彙、文法的相關知識。
讀　解	運用語言知識以理解文字內容，具備解決各種問題所需的能力。
聽　解	運用語言知識以理解口語內容，具備解決各種問題所需的能力。

作答方式與舊制測驗相同，將多重選項的答案劃記於答案卡上。此外，並沒有直接測驗口語或書寫能力的科目。

2. 認證基準

新制測驗共分為Ｎ1、Ｎ2、Ｎ3、Ｎ4、Ｎ5五個級數。最容易的級數為Ｎ5，最困難的級數為Ｎ1。

與舊制測驗最大的不同，在於由四個級數增加為五個級數。以往有許多通過3級認證者常抱怨「遲遲無法取得2級認證」。為因應這種情況，於舊制測驗的2級與3級之間，新增了Ｎ3級數。

新制測驗級數的認證基準，如表1的「讀」與「聽」的語言動作所示。該表雖未明載，但應試者也必須具備為表現各語言動作所需的語言知識。

Ｎ4與Ｎ5主要是測驗應試者在教室習得的基礎日語的理解程度；Ｎ1與Ｎ2是測驗應試者於現實生活的廣泛情境下，對日語理解程度；至於新增的Ｎ3，則是介於Ｎ1與Ｎ2，以及Ｎ4與Ｎ5之間的「過渡」級數。關於各級數的「讀」與「聽」的具體題材（內容），請參照表1。

■表1 新「日語能力測驗」認證基準

	級數	認證基準 各級數的認證基準，如以下【讀】與【聽】的語言動作所示。各級數亦必須具備為表現各語言動作所需的語言知識。
↑ 困難＊	N1	能理解在廣泛情境下所使用的日語 【讀】・可閱讀話題廣泛的報紙社論與評論等論述性較複雜及較抽象的文章，且能理解其文章結構與內容。 ・可閱讀各種話題內容較具深度的讀物，且能理解其脈絡及詳細的表達意涵。 【聽】・在廣泛情境下，可聽懂常速且連貫的對話、新聞報導及講課，且能充分理解話題走向、內容、人物關係、以及說話內容的論述結構等，並確實掌握其大意。
	N2	除日常生活所使用的日語之外，也能大致理解較廣泛情境下的日語 【讀】・可看懂報紙與雜誌所刊載的各類報導、解說、簡易評論等主旨明確的文章。 ・可閱讀一般話題的讀物，並能理解其脈絡及表達意涵。 【聽】・除日常生活情境外，在大部分的情境下，可聽懂接近常速且連貫的對話與新聞報導，亦能理解其話題走向、內容、以及人物關係，並可掌握其大意。
	N3	能大致理解日常生活所使用的日語 【讀】・可看懂與日常生活相關的具體內容的文章。 ・可由報紙標題等，掌握概要的資訊。 ・於日常生活情境下接觸難度稍高的文章，經換個方式敘述，即可理解其大意。 【聽】・在日常生活情境下，面對稍微接近常速且連貫的對話，經彙整談話的具體內容與人物關係等資訊後，即可大致理解。
＊容易 ↓	N4	能理解基礎日語 【讀】・可看懂以基本語彙及漢字描述的貼近日常生活相關話題的文章。 【聽】・可大致聽懂速度較慢的日常會話。
	N5	能大致理解基礎日語 【讀】・可看懂以平假名、片假名或一般日常生活使用的基本漢字所書寫的固定詞句、短文、以及文章。 【聽】・在課堂上或周遭等日常生活中常接觸的情境下，如為速度較慢的簡短對話，可從中聽取必要資訊。

＊N1最難，N5最簡單。

新制測驗的測驗科目與測驗時間如表2所示。

■ 表2 測驗科目與測驗時間＊①

<table>
<tr><th>級數</th><th colspan="3">測驗科目
（測驗時間）</th><th></th><th></th></tr>
<tr><td>N1</td><td colspan="2">語言知識（文字、語彙、文法）、讀解
（110分）</td><td>聽解
（60分）</td><td>→</td><td rowspan="2">測驗科目為「語言知識（文字、語彙、文法）、讀解」；以及「聽解」共2科目。</td></tr>
<tr><td>N2</td><td colspan="2">語言知識（文字、語彙、文法）、讀解
（105分）</td><td>聽解
（50分）</td><td>→</td></tr>
<tr><td>N3</td><td>語言知識（文字、語彙）
（30分）</td><td>語言知識（文法）、讀解
（70分）</td><td>聽解
（40分）</td><td>→</td><td rowspan="3">測驗科目為「語言知識（文字、語彙）」；「語言知識（文法）、讀解」；以及「聽解」共3科目。</td></tr>
<tr><td>N4</td><td>語言知識（文字、語彙）
（30分）</td><td>語言知識（文法）、讀解
（60分）</td><td>聽解
（35分）</td><td>→</td></tr>
<tr><td>N5</td><td>語言知識（文字、語彙）
（25分）</td><td>語言知識（文法）、讀解
（50分）</td><td>聽解
（30分）</td><td>→</td></tr>
</table>

N1與N2的測驗科目為「語言知識（文字、語彙、文法）、讀解」以及「聽解」共2科目；N3、N4、N5的測驗科目為「語言知識（文字、語彙）」、「語言知識（文法）、讀解」、「聽解」共3科目。

由於N3、N4、N5的試題中，包含較少的漢字、語彙、以及文法項目，因此當與N1、N2測驗相同的「語言知識（文字、語彙、文法）、讀解」科目時，有時會使某幾道試題成為其他題目的提示。為避免這個情況，因此將「語言知識（文字、語彙、文法）、讀解」，分成「語言知識（文字、語彙）」和「語言知識（文法）、讀解」施測。

＊①聽解因測驗試題的錄音長度不同，致使測驗時間會有些許差異。

4. 測驗成績

4－1　量尺得分

舊制測驗的得分，答對的題數以「原始得分」呈現；相對的，新制測驗的得分以「量尺得分」呈現。

「量尺得分」是經過「等化」轉換後所得的分數。以下，本手冊將新制測驗的「量尺得分」，簡稱為「得分」。

4－2　測驗成績的呈現

新制測驗的測驗成績，如表3的計分科目所示。N1、N2、N3的計分科目分為「語言知識（文字、語彙、文法）」、「讀解」、以及「聽解」3項；N4、N5的計分科目分為「語言知識（文字、語彙、文法）、讀解」以及「聽解」2項。

會將N4、N5的「語言知識（文字、語彙、文法）」和「讀解」合併成一項，是因為在學習日語的基礎階段，「語言知識」與「讀解」方面的重疊性高，所以將「語言知識」與「讀解」合併計分，比較符合學習者於該階段的日語能力特徵。

■ 表3　各級數的計分科目及得分範圍

級數	計分科目	得分範圍
N1	語言知識（文字、語彙、文法） 讀解 聽解	0～60 0～60 0～60
	總分	0～180
N2	語言知識（文字、語彙、文法） 讀解 聽解	0～60 0～60 0～60
	總分	0～180
N3	語言知識（文字、語彙、文法） 讀解 聽解	0～60 0～60 0～60
	總分	0～180

N4	語言知識（文字、語彙、文法）、讀解 聽解	0～120 0～60
	總分	0～180
N5	語言知識（文字、語彙、文法）、讀解 聽解	0～120 0～60
	總分	0～180

各級數的得分範圍，如表3所示。N1、N2、N3的「語言知識（文字、語彙、文法）」、「讀解」、「聽解」的得分範圍各為0～60分，三項合計的總分範圍是0～180分。「語言知識（文字、語彙、文法）」、「讀解」、「聽解」各占總分的比例是1：1：1。

N4、N5的「語言知識（文字、語彙、文法）、讀解」的得分範圍為0～120分，「聽解」的得分範圍為0～60分，二項合計的總分範圍是0～180分。「語言知識（文字、語彙、文法）、讀解」與「聽解」各占總分的比例是2：1。還有，「語言知識（文字、語彙、文法）、讀解」的得分，不能拆解成「語言知識（文字、語彙、文法）」與「讀解」二項。

除此之外，在所有的級數中，「聽解」均占總分的三分之一，較舊制測驗的四分之一為高。

4－3　合格基準

舊制測驗是以總分作為合格基準；相對的，新制測驗是以總分與分項成績的門檻二者作為合格基準。所謂的門檻，是指各分項成績至少必須高於該分數。假如有一科分項成績未達門檻，無論總分有多高，都不合格。新制測驗設定各分項成績門檻的目的，在於綜合評定學習者的日語能力。

總分與各分項成績的門檻的合格基準相關細節，將於2010年公布。

5.「日語能力測驗Can-do List」（暫稱）

僅憑測驗的得分與合格基準，無法得知在實際生活中，能夠具體運用日語的程度。因此，為了解釋測驗成績，提供「日語能力測驗Can-do List」（暫稱）作為參考。

為了「得知」通過各級數測驗者的日語實際能力，經過調查後，提供「日語能力測驗Can-do List」（暫稱）作為各級數的對照表。僅從目前正在製作的對照表中，摘要部分語言動作供範例參考。

■「日語能力測驗Can-do List」（暫稱）的範例

聽	能夠大致理解學校、職場、公共場所的廣播內容。
說	能夠於兼職或正職工作的面試中，詳細敘述自己對工作的期望與相關經驗。
讀	能夠閱讀並理解刊登於報紙與雜誌上、自己有興趣的相關報導內容。
寫	能夠書寫致謝函、道歉函、表達情感的信函或電子郵件。

＊由於仍在調查中，上述範例不標註對應級數。

實際的「日語能力測驗Can-do List」（暫稱）如上所述，依照「聽、說、讀、寫」的技巧分類，標註新制測驗對應級數的語言動作。合格者本人以及其他人，皆可藉由參照本表，得以推估「此級數的合格者，在學習、生活、工作的情境下，能夠運用日語達成的目標」，希望可以利用該表，作為了解測驗成績的參考資訊。

但是，「日語能力測驗Can-do List」（暫稱）只是基於合格者的自我評量所製作的對照表，無法保證某級數的全體合格者均能「做到○○」，僅表示該級數合格者應當能夠做到的事例。

「日語能力測驗Can-do List」（暫稱）將於2010年度公布。

二、新日本語能力試驗的考試內容

1. 新制測驗的內容與題型的預期目標

將各科目的試題擬測驗的能力彙整後，稱為「題型」。新制測驗的題型如表6「各測驗科目的題型內容」所示。

新制測驗與舊制測驗的題型比較後，以下方的符號標示於表6。

◆	舊制測驗沒有出現過的嶄新題型。
◇	沿襲舊制測驗的題型，但是更動部分形式。
○	與舊制測驗一樣的題型。
—	此級數裡沒有出現該題型。

■ 表6　各測驗科目的題型內容

測驗科目		題型	N1	N2	N3	N4	N5
語言知識、讀解	文字、語彙	漢字讀音	◇	◇	◇	◇	◇
		假名漢字寫法	—	◇	◇	◇	◇
		複合語彙	—	◇	—	—	—
		文脈語彙選擇	○	○	○	○	◇
		同義詞替換	○	○	○	○	○
		語彙用法	○	○	○	○	—
	文法	文句的文法1（文法形式判斷）	○	○	○	○	○
		文句的文法2（文句組構）	◆	◆	◆	◆	◆
		文章段落的文法	◆	◆	◆	◆	◆
	讀解	理解內容（短文）	○	○	○	○	○
		理解內容（中文）	○	○	○	○	○
		理解內容（長文）	○	—	○	—	—
		綜合理解	◆	◆	—	—	—
		理解想法（長文）	◇	◇	—	—	—
		釐整資訊	◆	◆	◆	◆	◆

聽解	理解問題	◇	◇	◇	◇	◇
	理解重點	◇	◇	◇	◇	◇
	理解概要	◇	◇	◇	—	—
	適切話語	—	—	◆	◆	◆
	即時應答	◆	◆	◆	◆	◆
	綜合理解	◇	◇	—	—	—

各級數的「題型」如第26～35頁所示。各題型包含幾道小題＊1。表中的「小題題數」為每次出題時的約略題數，與實際測驗的題數可能未盡相同。

＊1有時在「讀解」題型中，一段文章可能有數道「小題」。

N5 題型分析

<table>
<tr><th rowspan="2" colspan="2">測驗科目
（測驗時間）</th><th colspan="5">試題內容</th></tr>
<tr><th colspan="3">題型</th><th>小題
題數
＊</th><th>分析</th></tr>
<tr><td rowspan="4">語言知識
（25分）</td><td rowspan="4">文字、語彙</td><td>1</td><td>漢字讀音</td><td>◇</td><td>12</td><td>測驗漢字語彙的讀音。</td></tr>
<tr><td>2</td><td>假名漢字寫法</td><td>◇</td><td>8</td><td>測驗平假名語彙的漢字及片假名的寫法。</td></tr>
<tr><td>3</td><td>選擇文脈語彙</td><td>◇</td><td>10</td><td>測驗根據文脈選擇適切語彙。</td></tr>
<tr><td>4</td><td>替換類義詞</td><td>○</td><td>5</td><td>測驗根據試題的語彙或説法，選擇類義詞或類義説法。</td></tr>
<tr><td rowspan="5">語言知識、讀解
（50分）</td><td rowspan="3">文法</td><td>1</td><td>文句的文法1
（文法形式判斷）</td><td>○</td><td>16</td><td>測驗辨別哪種文法形式符合文句內容。</td></tr>
<tr><td>2</td><td>文句的文法2
（文句組構）</td><td>◆</td><td>5</td><td>測驗是否能夠組織文法正確且文義通順的句子。</td></tr>
<tr><td>3</td><td>文章段落的文法</td><td>◆</td><td>5</td><td>測驗辨別該文句有無符合文脈。</td></tr>
<tr><td rowspan="2">讀解＊</td><td>4</td><td>理解內容
（短文）</td><td>○</td><td>3</td><td>於讀完包含學習、生活、工作相關話題或情境等，約80字左右的撰寫平易的文章段落之後，測驗是否能夠理解其內容。</td></tr>
<tr><td>5</td><td>理解內容
（中文）</td><td>○</td><td>2</td><td>於讀完包含以日常話題或情境為題材等，約250字左右的撰寫平易的文章段落之後，測驗是否能夠理解其內容。</td></tr>
</table>

<table>
<tr><td></td><td>讀解＊</td><td>6</td><td>釐整資訊</td><td>◆</td><td>1</td><td>測驗是否能夠從介紹或通知等，約250字左右的撰寫資訊題材中，找出所需的訊息。</td></tr>
<tr><td colspan="2" rowspan="4">聽解
（30分）</td><td>1</td><td>理解問題</td><td>◇</td><td>7</td><td>於聽取完整的會話段落之後，測驗是否能夠理解其內容（於聽完解決問題所需的具體訊息之後，測驗是否能夠理解應當採取的下一個適切步驟）。</td></tr>
<tr><td>2</td><td>理解重點</td><td>◇</td><td>6</td><td>於聽取完整的會話段落之後，測驗是否能夠理解其內容（依據剛才已聽過的提示，測驗是否能夠抓住應當聽取的重點）。</td></tr>
<tr><td>3</td><td>適切話語</td><td>◆</td><td>5</td><td>測驗一面看圖示，一面聽取情境說明時，是否能夠選擇適切的話語。</td></tr>
<tr><td>4</td><td>即時應答</td><td>◆</td><td>6</td><td>測驗於聽完簡短的詢問之後，是否能夠選擇適切的應答。</td></tr>
</table>

＊「小題題數」為每次測驗的約略題數，與實際測驗時的題數可能未盡相同。此外，亦有可能會變更小題題數。

＊有時在「讀解」科目中，同一段文章可能會有數道小題。

N5聽力模擬考題　問題１

課題理解

もんだい１では、はじめに　しつもんを　きいて　ください。それから　はなしを　きいて、もんだいようしの　１から４の　なかから、いちばん　いい　ものを　ひとつ　えらんで　ください。

第 1 題 模擬試題

...答　え...

1　2　3　4

第 2 題 模擬試題

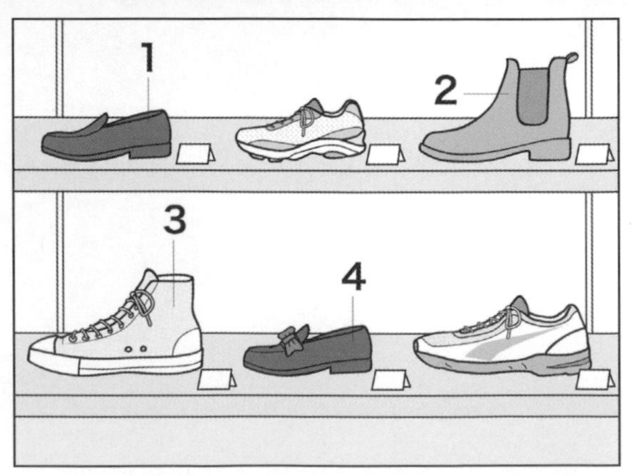

...答　え...

1　2　3　4

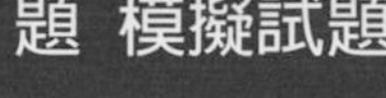

第 3 題 模擬試題

1　1 かい
2　2 かい
3　3 かい
4　4 かい

...答　え...
1　2　3　4

第 4 題 模擬試題

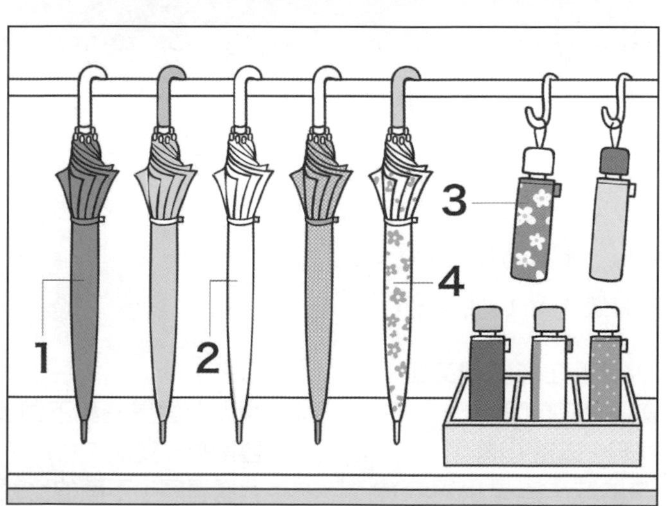

...答　え...
1　2　3　4

問題 1 第 1 題 答案跟解說

動物園で、先生と生徒が話しています。この生徒は、このあと、どの動物を見に行きますか。

M：岡田さんは、ゾウとキリンが好きなんですか。

F：はい。でも、いちばん好きなのはパンダです。

M：ほかのみんなは、アライグマのところにいますよ。いっしょに行きませんか。

F：はい、行きましょう。

この生徒は、このあと、どの動物を見に行きますか。

【譯】老師和學生正在動物園裡交談。請問這位學生在談話結束後，會去看哪種動物呢？

M：岡田同學喜歡大象和長頸鹿嗎？

F：我喜歡。不過，最喜歡的是貓熊。

M：其他同學都在浣熊那邊囉，要不要一起去呢？

F：好的，我們一起去吧！

請問這位學生在談話結束後，會去看哪種動物呢？

問題 1 第 2 題 答案跟解說

靴屋で、女の人と店の人が話しています。女の人は、どの靴を買いますか。

F：子どもの靴を買いたいのですが、ありますか。

M：女の子の靴ですか。男の子の靴ですか。

F：女の子の黒い革の靴で、サイズは22センチです。

M：上のと下ので、どちらがいいですか。

F：そうですね、下のがいいです。

女の人は、どの靴を買いますか。

【譯】女士和店員正在鞋店裡交談。請問這位女士會買哪雙鞋呢？

F：我想買兒童鞋，這裡有嗎？

M：要買小女孩的鞋，還是小男孩的鞋呢？

F：小女孩的黑色皮鞋，尺寸是二十二公分。

M：請問上面這雙和下面這雙，您比較喜歡哪一雙呢？

F：我看看喔，下面的比較好。

請問這位女士會買哪雙鞋呢？

攻略的要點

解題的訣竅

這一題要判斷的是「這位學生會去看哪種動物呢？」。這道題出現的動物多，一開始談的是兩人喜歡的動物，但跟答案沒有關係，只是在聽覺上進行干擾而已。後來，老師提議浣熊那區「いっしょに行きませんか」（要不要一起去呢？），學生也同意，所以之後會去看的動物是浣熊。正確答案是 3 。

要回答這題，理出頭緒，就是快速預覽這四張圖，然後馬上反應日文的說法，接下來集中注意力在「どの動物を見に行きますか」（會去看哪種動物呢？）。其它的都是干擾項，要能隨著對話，一一消去。

單字・慣用句及文法的意思

① 生徒（學生）
② 動物（動物）
③ 見る（看見）
④ 好きだ（喜歡）
⑤ いちばん（最；第一）
⑥ ほか（其他）
⑦ みんな（大家）
⑧ 動詞ませんか（要不要…呢）

攻略的要點

首先快速預覽這四張圖，知道對話內容的主題在「靴」（鞋子）上，立即在腦中比較它們的差異，有「白い」跟「黒い」，「大きい」跟「小さい」。除此之外，再大膽假設可能出現的場所用詞「上、中、下、右、左」。

再來掌握設問的「女士會買哪雙鞋呢？」這一大方向。一開始知道女士要的是「子どもの靴」（兒童鞋）再加上「女の子の黒い革の靴」（小女孩的黑色皮鞋），馬上消去 3 。女士又接著說「サイズは22センチ」（尺寸是二十二公分），可以消去較大雙的2。這時，只剩下上面的 1 和下面的 4 兩雙了。最後，女士說「下のがいい」（下面的比較好），所以答案是 4 。

單字・慣用句及文法的意思

① 靴（鞋子）
② 屋（…店）
③ が〔前置詞〕（表示詢問、請求等的開場白）
④ 女の子（女生）
⑤ 男の子（男生）
⑥ センチ（公分）
⑦ 上（上面）
⑧ 下（下面）

問題 1 第 3 題 答案跟解說

病院で、医者と男の人が話しています。男の人は、1日に何回薬を飲みますか。

F：この薬は、食事の後飲んでくださいね。

M：３度の食事の後、必ず飲むのですか。

F：そうです。朝と昼と夜の食事の後に飲むのです。

　　1週間分出しますので、忘れないで飲んでくださいね。

M：わかりました。

男の人は、1日に何回薬を飲みますか。

【譯】醫師和男士正在醫院裡交談。請問這位男士一天該服用幾次藥呢？

F：這種藥請在飯後服用喔。

M：請問是三餐飯後一定要服用嗎？

F：是的。早餐、中餐和晚餐之後服用。這裡開的是一星期的分量，請別忘了要按時服用喔！

M：我知道了。

請問這位男士一天該服用幾次藥呢？

【選項中譯】　1 一次　2 兩次　3 三次　4 四次

問題 1 第 4 題 答案跟解說

デパートの傘の店で、女の人と店の人が話しています。店の人は、どの傘を取りますか。

F：すみません。そのたなの上の傘を見せてください。

M：長い傘ですか。それとも短い傘ですか。

F：長い、花の絵のついている傘です。

M：あ、これですね。どうぞ。

店の人は、どの傘を取りますか。

【譯】女士和店員正在百貨公司的傘店裡交談。請問店員該拿哪一把傘呢？

F：不好意思，我想看架子上面的那把傘。

M：是長柄傘嗎？還是短柄傘呢？

F：長的、有花樣的那一把。

M：喔，是這一把吧？請慢慢看。

請問店員該拿哪一把傘呢？

攻略的要點

解題的訣竅

這道題要問的是「男士一天該服用幾次藥？」，談話中沒有直接說次數，而是先用暗示的「3度の食事の後」（三餐飯後）和「朝と昼と夜の食事の後」（早餐、中餐和晚餐之後），所以知道是一天服用三次藥。正確答案是 3 。只要遇到數量的題型，切記一定要邊聽邊記，因為只聽過一遍，是很難記得一清二楚的，更何況並非母語的日語喔！

單字・慣用句及文法的意思

① 病院（醫院）
② 医者（醫生）
③〔時間〕＋に＋〔次數〕（表示某範圍內的數量或次數）
④ 薬（藥）
⑤ 飲む（吃（藥）；喝）
⑥ 食事（吃飯，進餐）
⑦ 度（次）
⑧ 必ず（一定）

攻略的要點

解題的訣竅

這類的題型，都是通過對話提供的有關語句，讓考生進行判斷。首先，快速預覽這四張圖，知道對話內容的主題在「傘」（雨傘）上，立即在腦中比較它們的差異，有「白い」跟「黒い」，「花の絵」，「長い」跟「短い」。

首先掌握設問「店員該拿哪一把傘呢？」這一大方向。一開始知道男性要的是「長い」的雨傘，馬上消去 3 ，接下來同時又說「花の絵のついている傘」（有花樣的那一把）。知道答案是4了。

單字・慣用句及文法的意思

① 傘（雨傘）
② 棚（架子）
③ 見せる（讓…看）
④ 長い（長的）
⑤ 形容詞＋名詞（…的…）
⑥ それとも（…還是…）
⑦ 短い（短的）
⑧ どうぞ（請）

第 5 題 模擬試題

1　歩いて行きます
2　電車で行きます
3　バスで行きます
4　タクシーで行きます

...答　え...
1 2 3 4

第 6 題 模擬試題

...答　え...
1 2 3 4

第 7 題 模擬試題

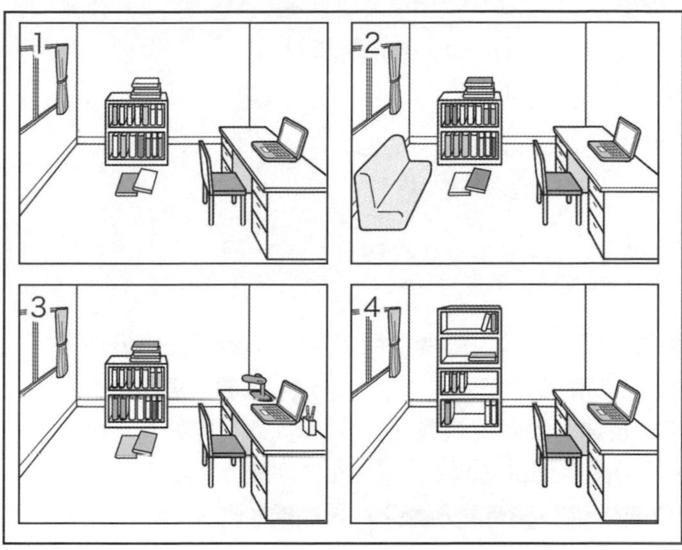

第 8 題 模擬試題

1　かさをプレゼントします
2　あたらしいふくをプレゼントします
3　天ぷらを食べます
4　天ぷらを作ります

...答 え...
1 2 3 4

問題 1 第 5 題 答案跟解說

男の人と女の人が話しています。二人は、駅まで何で行きますか。

M：もう時間がありませんよ。急ぎましょう。
　　駅まで歩いて30分かかるんですよ。

F：電車の時間まで、あと何分ありますか。

M：30分しかありません。

F：では、バスで行きませんか。

M：あ、ちょうどタクシーが来ました。

F：乗りましょう。

二人は、駅まで何で行きますか。

【譯】男士和女士正在交談。請問他們兩人會使用什麼方式前往車站呢？

M：時間要來不及囉，我們得快點了！
　　還得花三十分鐘走到車站哩！

F：距離電車發車的時間，還有幾分鐘呢？

M：只剩下三十分鐘了。

F：那麼，搭巴士去吧！

M：啊，剛好有一輛計程車過來了！

F：那搭這輛車吧！

請問他們兩人會使用什麼方式前往車站呢？

【選項中譯】 1 步行前往　2 搭電車前往　3 搭巴士前往　4 搭計程車前往

問題 1 第 6 題 答案跟解說

バスの中で、旅行会社の人が客に話しています。客は、ホテルに着いてから、初めに何をしますか。

M：みなさま、今日は遅くまでおつかれさまでした。もうすぐホテルに着きます。ホテルでは、まず、フロントで鍵をもらってお部屋に入ってください。7時にレストランで食事をしますので、それまで、お部屋で休んでください。明日は10時にバスが出発しますので、それまでに買い物などをして、フロントにあつまってください。

客は、ホテルに着いてから、初めに何をしますか。

【譯】 旅行社的員工正在巴士裡對著顧客們說話。請問顧客們抵達旅館之後，首先要做什麼事呢？

M：各位貴賓，今天行程走到這麼晚，辛苦大家了！我們即將抵達旅館了。到了旅館以後，請先在櫃臺領取鑰匙進去房間。我們安排於七點在餐廳用餐，在用餐前請在房間裡休息。明天十點巴士就要出發，要購物的貴賓請在出發前買完東西，然後到櫃臺集合。

請問顧客們抵達旅館之後，首先要做什麼事呢？

攻略的要點

這類題型談論的內容多，干擾性強，可以不必拘泥於聽懂每一個字，重點在抓住談話中，題目要關鍵部分。

首先，快速預覽這四個選項，知道對話內容的主題在交通工具上。果然，這道題要問的是「兩人會使用什麼方式前往車站呢？」。相同地，這道題也談論了幾種交通工具。首先是「還得花三十分鐘走到車站」，還談論到坐電車，但這都被下一句的「搭巴士去吧」給否定了。接下來，要不要「搭巴士去」呢，也被否定了。最後兩人的對話「ちょうどタクシーが来ました」（剛好有一輛計程車來了）和「乗りましょう」（那搭這輛車吧），知道兩人搭的是計程車。正確答案是 4 。

單字・慣用句及文法的意思

① 二人(ふたり)（兩人）
② もう＋〔否定〕（已經不…了）
③ 急(いそ)ぐ（趕緊，加快）
④ 十(じゅう)（十）
⑤ では（那麼）
⑥ バス（公車）
⑦ ちょうど（正好，恰好）
⑧ タクシー（計程車）

攻略的要點

這題要問的是「顧客首先要做什麼事呢？」問事的題型特色是，從出題的角度來看，會話中一定會談論幾件事，讓考生從當中選擇一項。因此，迷惑性高，需要仔細分析跟良好的短期記憶。

首先，快速預覽這四個選項，知道談話內容跟飯店有關，四個場景都可能出現在談話中，立即在腦中反應日語怎麼說。「顧客首先要做什麼事呢？」要清楚掌握「首先要做的事」這一大方向。

這道題的對話共出現了四件事，順序是，首先「まず、フロントで鍵をもらって 」（請先在櫃臺領取鑰匙 ）這是 4 的內容。接下來「七點在餐廳用餐」這是 1 的內容。但用餐前「在房裡休息」這是 2 的內容。最後，明天出發前可以去購物，這是 3 的內容。知道一開始就出現答案了，正確答案是 4 。

單字・慣用句及文法的意思

① 旅行(りょこう)（旅行）
② ホテル（旅館）
③ 動詞てから（…再…）
④ もうすぐ（馬上，將要）
⑤ 鍵(かぎ)（鑰匙）
⑥ 休(やす)む（休息）
⑦ 出発(しゅっぱつ)（出發）
⑧ 集(あつ)まる（集合）

問題 1 第 7 題 答案跟解說

男の学生と女の学生が話しています。女の学生は、どんな部屋にするつもりですか。

M：本だなと机といす一つしかないから、広い部屋ですね。

F：はい。机の上も、広い方がいいので、パソコンしかおいていないんです。

M：でも、本を床におかない方がいいですよ。

F：そうですね。次の日曜日、大きい本だなを買いに行きます。

女の学生は、どんな部屋にするつもりですか。

【譯】男學生和女學生正在交談。請問這位女學生想要把房間打造成什麼樣子呢？

M：房間裡只有一個書架、一張書桌還有一把椅子，看起來好寬敞啊！

F：對呀。我也想讓桌面盡量寬敞一點，所以桌上只擺了一台電腦而已。

M：可是書本不要擺在地板上比較好吧？

F：是呀。下個星期天，我會去買大書架的。

請問這位女學生想要把房間打造成什麼樣子呢？

問題 1 第 8 題 答案跟解說

CD 1-8

男の人と女の人が話しています。男の人は、来週、何をしますか。

M：来週、お誕生日ですね。ほしいものは何ですか。プレゼントします。

F：ありがとうございます。でも、うちがせまいので、何もいりません。

M：傘はどうですか。それとも、新しい服は？

F：傘は、去年買った黒いのがあります。服も、けっこうです。

M：それじゃ、いっしょに夕ご飯を食べに行きませんか。

F：ええ、では、天ぷらはどうですか。M：天ぷらはわたしも好きですよ。

男の人は、来週、何をしますか。

【譯】男士和女士正在交談。請問這位男士下星期會做什麼呢？

M：下星期是妳生日吧？有什麼想要的東西嗎？我送妳。

F：謝謝你。不過，我家很小，什麼都不需要。

M：送妳傘如何？還是新衣服？

F：傘去年已經買一把黑色的了，衣服也已經夠了。

M：那麼，要不要一起去吃一頓晚餐呢？

F：好呀，那麼，吃天婦羅如何？

M：我也喜歡吃天婦羅喔！

請問這位男士下星期會做什麼呢？

【選項中譯】 1 送雨傘　2 送新衣服　3 吃天婦羅　4 做天婦羅

攻略的要點

看到這道題的四張圖，馬上反應相關名詞「ソファー、本だな、本、机、いす、パソコン、窓」。緊抓「どんな部屋にするつもりですか」（想把房間打造成什麼樣子呢）這個大方向。用刪去法，集中精神、冷靜往下聽。「つもり」（準備），也就是說不是現在的房間，而是想要打造的房間喔！

首先聽出「本だなと机といす一つしかない」（書架、書桌、椅子都只有一個），馬上刪去有沙發的２。繼續往下聽知道桌上「パソコンしかおいていない」（只擺了一台電腦），可以刪去桌子放了各種物品的3。接下來，因為有「本を床におかない方がいい」（書本不要擺在地板上比較好），知道現在的房間是１，也刪去。關鍵在「房間」要怎麼打造呢？從「次の日曜日、大きい本だなを買いに行きます」（下個星期天，我會去買大書架），知道想打造的房間是有大書架的４，正確答案是４。

單字・慣用句及文法的意思

① 部屋（房間）
② つもり（打算）
③ 本棚（書架）
④ 机（桌子）
⑤ 椅子（椅子）
⑥ 一つ（一個）
⑦ しか＋〔否定〕（只有）
⑧ 広い（寬廣的）

攻略的要點

「男士下星期會做什麼呢？」這個對話裡，男士想做的事都被「いりません」（不需要）跟「けっこうです」（不用了，謝謝。）給否定了。最後，從男士邀約女士一起去吃晚餐，女士同意並提議要不要去吃天婦羅。男士回答「天ぷらはわたしも好きですよ」（我也喜歡吃天婦羅喔），知道兩人要一起去吃天婦羅。正確答案是３。

「けっこうです」可以用來表示「很好，可以」和「不用了，謝謝」兩種意思。本題根據內容，女士敘述了「傘はあります。服も　」，所以是「不用了，謝謝」的意思。「いりません」（不需要）也是拒絕對方的說法，但聽起來會讓人覺得過於直接而顯得失禮，有時還會讓人有冷漠的感覺。而「けっこうです」含有「這麼多我已經很滿足了，不需要更多了」的意思，是一種瞭解對方的好意，客氣的拒絕方式。

單字・慣用句及文法的意思

① 来週（下禮拜）
② 誕生日（生日）
③ ほしい（想要）
④ プレゼント（禮物）
⑤ 狭い（狹窄的）
⑥ 新しい（新的）
⑦ 服（衣服）
⑧ けっこう（足夠；充分）

第 9 題 模擬試題

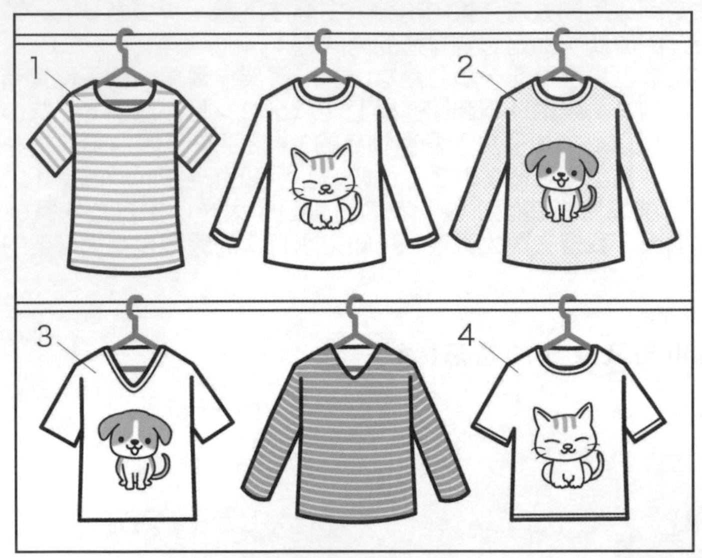

...答 え...
1 2 3 4

第 10 題 模擬試題

1 1かい
2 2かい
3 3かい
4 4かい

...答 え...
1 2 3 4

第 11 題 模擬試題

1　3 時
2　3 時 20 分
3　3 時 30 分
4　3 時 40 分

...答　え...
1 2 3 4

第 12 題 模擬試題

...答　え...
1 2 3 4

問題 1 第 9 題 答案跟解說

店で、女の人と店の人が話しています。女の人は、どのシャツを買いますか。

F：子どものシャツがほしいのですが。

M：犬の絵のと、ねこの絵のと、しまもようのがあります。どれがいいですか。

F：犬の絵のがいいです。

M：今の季節は、涼しいですので……。

F：いえ、夏に着るシャツがいるんです。

女の人は、どのシャツを買いますか。

【譯】女士和店員正在商店裡交談。請問這位女士會買哪一件上衣呢？

F：我想買小孩的上衣。

M：有小狗圖案的、貓咪圖案的，還有條紋圖案的。請問您喜歡哪一件呢？

F：我喜歡小狗圖案的。

M：目前的季節有點涼，所以…。

F：不要緊，我要買的是在夏天穿的上衣。

請問這位女士會買哪一件上衣呢？

問題 1 第 10 題 答案跟解說

病院で、医者が女の人に話しています。女の人は、1日に何回歯をみがきますか。

M：ご飯のあとは、すぐに歯をみがいてください。

F：昼ご飯のあともですか。会社につとめていると、歯をみがく時間も場所もないのですが。

M：それなら、朝と夕方のご飯のあとだけでもみがいてください。あ、でも、寝る前にも、もう一度みがくといいですね。

F：わかりました。寝る前にもみがきます。

女の人は、1日に何回歯をみがきますか。

【譯】醫師和女士在醫院裡交談。請問這位女士一天要刷牙幾次呢？

M：請在飯後立刻刷牙。

F：請問吃完午餐後也要嗎？我在公司裡上班，既沒有時間也沒有地方刷牙。

M：那樣的話，請至少在早餐和晚餐之後刷牙。啊，不過在睡覺前也要再刷一次比較好喔。

F：我知道了，睡覺前也會刷一次。

請問這位女士一天要刷牙幾次呢？

【選項中譯】 1 一次　2 兩次　3 三次　4 四次

攻略的要點

解題的訣竅

請用刪除法找出正確答案。首先掌握設問的「女士會買哪一件上衣呢？」這一大方向。可以在預覽試卷上的圖時，馬上在腦中想像可能出現的詞「ねこ、犬、しまもよう、シャツ」甚至、「長い」、「短い」等等。

一開始知道女士要的是「犬の絵」（小狗圖案）的襯衫，馬上消去 1 跟 4 ，接下來男性問「目前季節有點涼」，後面要說的是「是不是要買長袖的」，但馬上被女士否定掉說「夏に着るシャツがいる」（要在夏天穿的襯衫）知道答案是短袖的 3 了。另一個要聽懂的關鍵是「夏に着るシャツがいる」的「いる」，這裡是「需要」的意思，不是「有」的意思喔！

單字・慣用句及文法的意思

① シャツ（襯衫；上衣）
② 絵（圖畫）
③ 猫（貓）
④ 縞（條紋）
⑤ 模様（花樣，圖樣）
⑥ 季節（季節）
⑦ 涼しい（涼爽的）
⑧ 夏（夏天）

攻略的要點

解題的訣竅

考次數的題型，有時候對話中，幾乎沒有直接說出次數，必須經過判斷或加減乘除的計算。

這一道題要問的是「女士一天要刷牙幾次呢？」，記得腦中一定要緊記住這個大方向，邊聽邊記關鍵處。這題對話稍長，而且先說出「ご飯のあとは、すぐに歯をみがいてください」（請在飯後立刻刷牙）來進行干擾。後來女士說明中午比較沒辦法刷牙，否定了中餐後的刷牙。後面醫師又補充「朝と夕方のご飯のあと」（早餐跟晚餐之後）跟「寝る前にも」（睡覺前也要）。知道是早飯後、晚飯後、睡覺前，所以共有三次。正確答案是 3 。

單字・慣用句及文法的意思

① 歯（牙齒）
② 磨く（刷〔牙〕）
③ ご飯（飯）
④ 勤める（工作）
⑤ 時間（時間）
⑥ 場所（場所）
⑦ にも、からも、でも（ 也 ）
⑧ 一度（一次）

問題 1 第 11 題 答案跟解說

男の人と女の人が話しています。二人は、何時に会いますか。

M：授業は3時に終わるから、学校の前のみどり食堂で、3時20分に会いませんか。

F：あの食堂にはみんな来るからいやです。少し遠いですが、みどり食堂の100メートルぐらい先のあおば喫茶店はどうですか。私は、学校を3時半に出るから、3時40分なら大丈夫です。

M：じゃ、そうしましょう。あおば喫茶店ですね。

二人は、何時に会いますか。

【譯】男士和女士正在交談。請問這兩位會在幾點見面呢？

M：我上課到三點結束，所以我們約三點二十分在學校前面的綠意餐館碰面好嗎？

F：不要，那家餐館大家都會去。雖然稍微遠了一點，我們還是約距離綠意餐館大概一百公尺的綠葉咖啡廳吧？我三點半離開學校，三點四十分應該就會到了。

M：那就這樣吧。綠葉咖啡廳，對吧？

請問這兩位會在幾點見面呢？

【選項中譯】 1 三點　2 三點二十分　3 三點三十分　4 三點四十分

問題 1 第 12 題 答案跟解說

男の人と女の人が話しています。女の人は、明日、何をもっていきますか。

M：明日のハイキングには、何を持っていきましょうか。

F：そうですね。お弁当と飲み物は、私が持っていくつもりです。

M：あ、飲み物は重いから、僕が持っていきますよ。

F：じゃ、私、あめを少し持っていきますね。疲れた時にいいですから。

女の人は、明日、何をもっていきますか。

【譯】男士和女士正在交談。請問這位女士明天會帶什麼東西去呢？

M：明天的健行，我們帶些東西去吧。

F：好啊。我原本就打算帶便當和飲料去。

M：啊，飲料很重，由我帶去吧！

F：那，我帶一些糖果去吧。累的時候有助於恢復體力。

請問這位女士明天會帶什麼東西去呢？

攻略的要點

看到這一題的四個時間，馬上掌握試卷上的四個時間詞的念法。記得！聽懂問題才能精準挑出提問要的答案！

這道題要問的是「兩位會在幾點見面呢？」緊記住這個大方向，然後集中精神聽準見面的時間。對話中出現了４個時間詞，有「３時」、「３時20分」、「３時半」、「３時40分」。其中「３時」跟「３時20分」先被女士否定掉，是干擾項，不是碰面的時間，可以邊聽邊在試卷上打叉。最後女士提到「私は、学校を３時半に出るから、３時40分なら大丈夫です」（我三點半離開學校，三點四十分應該就會到了），男士回說「じゃ、そうしましょう」（那就這樣吧），知道正確答案是４的「三點四十分」了。

單字・慣用句及文法的意思

① 授業（上課）
② あの（那個）
③ 嫌（討厭）
④ が（雖然，但是）
⑤ メートル（公尺）
⑥ 先（前面）
⑦ 喫茶店（咖啡店）
⑧ 大丈夫（沒問題）

攻略的要點

這道題要問的是「女士明天會帶什麼東西去呢？」。首先，預覽這四張圖，判斷對話中出現的東西應該會有「お弁当（おにぎり）、お茶（飲み物）、水（飲み物）、あめ」。同樣地，對話還沒開始前，要立即想出這幾樣東西相對應的日文。對話一開始女士說「打算要帶便當跟飲料」，立即被男士給否定掉「飲料」，提議太重自己帶去。女士同意男士的提議，接著說「じゃ、私、あめを少し持っていきますね」（那，我帶一些糖果去吧）。女士接受男士的提議，不帶飲料去的這件事，可以從「じゃ」知道。「じゃ」在這裡含有同意對方建議的意思。正確答案是２。

單字・慣用句及文法的意思

① お弁当（便當）
② 飲み物（飲品）
③ 重い（重的）
④ から（因為…所以…）
⑤ あめ（糖果）
⑥ 少し（一點點）
⑦ 疲れる（疲憊）
⑧ 時（…時候）

第 13 題 模擬試題

1　客の名前を紙に書く
2　名前を書いた紙を客にわたす
3　客の名前を書いた紙をつくえの上にならべる
4　入り口につくえをならべる

...答　え...
1　2　3　4

第 14 題 模擬試題

1　5番
2　8番
3　5番か8番
4　バスにはのらない

...答　え...
1　2　3　4

第 15 題 模擬試題

1　えき
2　ちゅうおうとしょかん
3　こうえん
4　えきまえとしょかん

...答　え...
1　2　3　4

第 16 題 模擬試題

問題 1 第 13 題 答案跟解說

会社で男の人が話しています。山下さんは、明日の朝、どうしますか。

M：明日は 12 時から、会社でパーティーがあります。お客様は 11 時半ごろには来ますので、皆さんは 11 時までに集まってください。山下さんは、お客様が来る前に、入り口の机の上に、お客様の名前を書いた紙を並べてください。

F：はい、わかりました。

山下さんは、明日の朝、どうしますか。

【譯】男士正在公司裡說話。請問山下小姐明天早上該做什麼呢？

M：明天從十二點開始，公司要舉行派對。客戶最晚會在十一點半左右抵達，所以大家在十一點之前集合。山下小姐請在客戶到達之前，在門口的桌面上擺好寫有客戶大名的一覽表。

F：好的，我知道了。

請問山下小姐明天早上該做什麼呢？

【選項中譯】 1 書寫客戶大名一覽表　2 將寫上大名的紙張交給客戶　3 把寫有客戶大名的一覽表擺到桌上　4 在門口排桌子

問題 1 第 14 題 答案跟解說

バス停で、女の人とバス会社の人が話しています。女の人は何番のバスに乗りますか。

F：中町行きのバスは何番から出ていますか。

M：5 番と 8 番です。中町に行きたいのですか。

F：いいえ、中町の三つ前の山下町に行きたいのです。

M：ああ、そうですか。5 番のバスも 8 番のバスも中町行きですが、5 番のバスは、8 番とちがう道をとおりますので、山下町にはとまりません。

F：わかりました。ありがとうございます。

女の人は何番のバスに乗りますか。

【譯】女士和巴士公司的員工正在巴士站交談。請問這位女士該搭幾號的巴士呢？

F：請問往中町的巴士是從幾號公車站出發呢？

M：五號和八號。您要去中町嗎？

F：不是，我想到中町前面三站的山下町。

M：哦，這樣啊。五號的巴士和八號的巴士都會到中町，但是五號走的和八號路線不同，所以不會停靠山下町。

F：我知道了。謝謝您。

請問這位女士該搭幾號的巴士呢？

【選項中譯】 1 五號　2 八號　3 五號或八號　4 不搭巴士

攻略的要點

這題是問事的題型，既然是問事，會話中一定會談論幾件事，讓考生從當中選擇一項。首先，山下小姐在十一點以前要來公司，然後要做的工作是「入り口の机の上に、お客様の名前を書いた紙を並べる」（在門口的桌面上，擺好寫有客戶的大名的一覽表）。男士說的是「場所＋に＋物＋を」的順序，雖然跟選項 3 的順序「物＋を＋場所＋に」不同，不過意思是一樣的。正確答案是 3 。

單字・慣用句及文法的意思

① 明日（あした）（明天）
② 朝（あさ）（早上）
③ パーティー（派對）
④ お（表示尊敬）
⑤ 様（さま）（先生，女士）
⑥ 皆（みな）さん（各位）
⑦ 動詞てください（請…）
⑧ 紙（かみ）（紙）

攻略的要點

女士最先問的是「中町行きのバス」（往中町的巴士）。要去中町有五號和八號兩個選擇，不過女士實際上想去的並不是終點站中町，而是山下町，所以必須要坐八號。五號雖然是往中町，但並沒有停靠山下町。正確答案是 2 。

單字・慣用句及文法的意思

① バス停（てい）（公車站）
② 番（ばん）（…號）
③ 乗（の）る（搭乘）
④ 行（い）き・行（ゆ）き（前往）
⑤ いいえ（不是）
⑥ 三（みっ）つ（三個）
⑦ ～も～（…也…）
⑧ 通（とお）る（經過）

問題 1 第 15 題 答案跟解說

CD 1-15

駅の前で、男の人と女の人が話しています。男の人は、どこへ行きますか。

M：すみません。中央図書館へ行きたいんですが、この道ですか。

F：はい、この道をまっすぐ進んで、公園の前で右に曲がると中央図書館です。

M：ありがとうございます。

F：でも、歩くと20分くらいかかりますよ。すぐそこに駅前図書館がありますよ。

M：前に中央図書館で借りた本を返しに行くのです。

F：返すだけなら、近くの図書館でも大丈夫ですよ。駅前図書館で返してはいかがですか。

M：わかりました。そうします。

男の人は、どこへ行きますか。

【譯】男士和女士正在車站前交談。請問這位男士要去哪裡呢？

M：不好意思，我想去中央圖書館，請問走這條路對嗎？

F：對，沿著這條路往前直走，在公園前面往右轉就是中央圖書館了。

M：謝謝您。

F：不過，步行前往大概要花二十分鐘喔！前面就有車站前圖書館囉！

M：我是要去中央圖書館歸還之前在那裡借閱的圖書。

F：如果只是要還書，就近到方便的圖書館還也可以喔。您不如就在車站前圖書館還書吧。

M：我知道了，那去那裡還書。

請問這位男士要去哪裡呢？

【選項中譯】 1 車站　2 中央圖書館　3 公園　4 車站前圖書館

問題 1 第 16 題 答案跟解說

店で、男の子と店の人が話しています。男の子は、どのパンを買いますか。

M：甘いパンをください。

F：甘いのはいろいろありますよ。どれがいいですか。

M：甘いパンの中で、いちばん安いのはどれですか。

F：この3個100円のパンがいちばん安いです。いくつ買いますか。

M：6個ください。

男の子は、どのパンを買いますか。

【譯】男孩正在商店裡和店員交談。請問這個男孩會買哪種麵包呢？

M：請給我甜麵包。

F：甜麵包有很多種喔，你喜歡哪一種呢？

M：請問在甜麵包裡面，哪一種最便宜呢？

F：這種三個一百日圓的最便宜。你要買幾個？

M：請給我六個。

請問這個男孩會買哪種麵包呢？

攻略的要點

男士原先是想去中央圖書館，不過從女士的建議說「返すだけなら、近くの図書館でも大丈夫ですよ」（如果只是要還書，就近到方便的圖書館還也可以喔），所以男士接受了建議說「そうします」（那去那裡還書），去的是離他比較近的站前圖書館。正確答案是 4 。

單字・慣用句及文法的意思

① 図書館(としょかん)（圖書館）
② 動詞たい（想…）
③ 道(みち)（道路）
④ まっすぐ（筆直地）
⑤ 進(すす)む（前進）
⑥ かかる（花〔時間、金錢等〕）
⑦ 借(か)りる（借〔入〕）
⑧ 返(かえ)す（歸還）

攻略的要點

首先快速預覽這四張圖，知道對話內容的主題在「パン」（麵包）上，立即比較它們的差異，那就是價錢的「50円、80円、100円、 3個100円」。
首先掌握設問「男孩會買哪種麵包」這一大方向。從「いちばん安いのはどれですか」（哪一種最便宜呢？）知道男孩想要的是最便宜的甜麵包，所以決定要買的是「３個100円のパン」（三個一百日圓的麵包）。正確答案是 4 。

單字・慣用句及文法的意思

① パン（麵包）
② 甘(あま)い（甜的）
③ 形容詞＋の（…的）
④ いろいろ（各式各樣）
⑤ 安(やす)い（便宜的）
⑥ 個(こ)（…個）
⑦ 円(えん)（日幣）
⑧ いくつ（幾個）

第 17 題 模擬試題

1　一日中、寝ます
2　掃除や洗濯をします
3　買い物に行きます
4　宿題をします

...答　え...
1 2 3 4

第 18 題 模擬試題

1　かさをもって、3 時ごろに帰ります
2　かさをもって、5 時ごろに帰ります
3　かさをもたないで、3 時ごろに帰ります
4　かさをもたないで、5 時ごろに帰ります

...答　え...
1 2 3 4

第19題 模擬試題

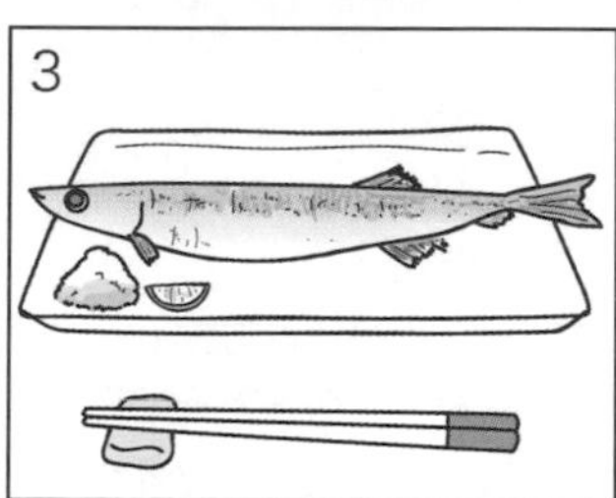

第20題 模擬試題

1　コーヒーだけ
2　コーヒーとお茶
3　コーヒーとさとう
4　コーヒーとミルク

...答 え...
1 2 3 4

問題 1 第 17 題 答案跟解說

CD 1-17

女の学生と男の学生が話しています。男の学生は、明日、何をしますか。

F：明日の土曜日は何をしますか。

M：今週は忙しくてよく寝なかったので、明日は一日中、寝ます。園田さんは？

F：午前中掃除や洗濯をして、午後はデパートに買い物に行きます。

M：デパートは、僕も行きたいです。あ、でも、宿題もまだでした。

F：えっ、あの宿題、月曜日まででしょう。1日では終わりませんよ。

男の学生は、明日、何をしますか。

【譯】 女學生和男學生正在交談。請問這位男學生明天要做什麼呢？

F：明天星期六你要做什麼呢？

M：這星期很忙，都沒有睡飽，我明天要睡上一整天。園田同學呢？

F：上午要打掃和洗衣服，下午要去百貨公司買東西。

M：我也想去百貨公司，啊，可是我功課還沒寫完。

F：嗄？可是那項功課不是星期一就要交了嗎？單單一天可是寫不完的喔！

請問這位男學生明天要做什麼呢？

【選項中譯】 1 睡上一整天　2 打掃和洗衣服　3 去買東西　4 做功課

問題 1 第 18 題 答案跟解說

女の人と男の人が話しています。女の人は、これからどうしますか。

F：今日のお天気はどうですか。

M：テレビでは、曇りで、夕方から雨と言っていましたよ。

F：それでは、傘を持ったほうがいいですね。

M：3時頃までは大丈夫ですよ。

F：でも、帰りはたぶん5時頃になりますから、雨が降っているでしょう。

M：雨が降ったときは、僕が駅まで傘を持っていきますよ。

F：それでは、お願いします。

女の人は、これからどうしますか。

【譯】 女士和男士正在交談。請問這位女士接下來會怎麼做呢？

F：今天天氣怎麼樣？

M：電視氣象說是陰天，而且傍晚以後會下雨哦！

F：這樣的話，要帶傘出去比較好吧。

M：到三點之前應該還不會下吧！

F：可是，回來大概是五點左右，那時應該正在下雨吧？

M：要是那時下了雨，我再送傘去車站給妳呀！

F：那就麻煩你了。

請問這位女士接下來會怎麼做呢？

【選項中譯】 1 帶傘出門，三點左右回來　2 帶傘出門，五點左右回來　3 不帶傘出門，三點左右回來　4 不帶傘出門，五點左右回來

攻略的要點

這道題是問做什麼事的題型。問事類試題一般比較長，内容多，但屬於略聽，要注意抓住談話主題、方向，跟關鍵詞語。另外，選項也是陷阱百出的地方，所以不到最後絕對不妄做判斷！
男學生原本打算睡一整天。接著聽女學生說要去百貨公司，於是說他也想去。不過，他想起來「あ、でも、宿題もまだでした」（啊！可是我功課還沒有寫完）。而女學生說，作業星期一要交，一天做不完。因此，星期六、日都必須要做功課。正確答案是４。

單字・慣用句及文法的意思

① 今週（こんしゅう）（這週）
② 忙しい（いそがしい）（忙碌的）
③ よく（常；足夠）
④ 寝る（ねる）（睡覺）
⑤ 中（じゅう）（整個）
⑥ あ（っ）（啊）
⑦ 宿題（しゅくだい）（作業）
⑧ 月曜日（げつようび）（星期一）

攻略的要點

首先，女士回來的時候是「たぶん５時頃になります」（回來大約是五點左右）。天氣預報傍晚以後會下雨，所以女士五點回來時，下雨的可能性相當高。女士想要帶雨傘，不過男士說「雨が降ったときは、僕が駅まで傘を持っていきますよ」（要是那時下了雨，我再送傘去車站給妳啊），於是，她拜託了男士。總之，她打消了帶傘的念頭。正確答案是４。

單字・慣用句及文法的意思

① 天気（てんき）（天氣）
② テレビ（電視）
③ 夕方（ゆうがた）（傍晚）
④ 持つ（もつ）（攜帶）
⑤ 帰り（かえり）（回家）
⑥ たぶん（大概）
⑦ 名詞に＋なります（變…）
⑧ お願いします（ねがいします）（麻煩了）

問題 1 第 ⑲ 題 答案跟解說

女の人が外国人と話しています。女の人は、どんな料理を作りますか。

F：どんな料理が食べたいですか。

M：日本料理が食べたいです。

F：日本料理にはいろいろありますが、肉と魚ではどちらが好きですか。

M：そうですね。魚が好きです。

F：おはしを使うことができますか。

M：大丈夫です。

F：わかりました。できたらいっしょに食べましょう。

女の人は、どんな料理を作りますか。

【譯】女士和外國人正在交談。請問這位女士會做什麼樣的菜呢？

F：請問您想吃什麼樣的菜呢？

M：我想吃日本菜。

F：日本菜包括很多種類，請問你比較喜歡吃肉還是吃魚呢？

M：我想想…，我喜歡吃魚。

F：您會用筷子嗎？

M：沒問題。

F：好的，等我做好以後，我們一起吃吧！

請問這位女士會做什麼樣的菜呢？

問題 1 第 ⑳ 題 答案跟解說

男の人と女の人が電話で話しています。男の人は何を買って帰りますか。

M：もしもし、今、駅に着きましたが、何か買って帰るものはありますか。

F：コーヒーをお願いします。

M：コーヒーだけでいいんですか。お茶は？

F：お茶はまだあります。あ、そうだ、コーヒーに入れる砂糖もお願いします。

M：わかりました。では、また。

男の人は何を買って帰りますか。

【譯】男士和女士正在電話中交談。請問這位男士會買什麼東西回來呢？

M：喂？我現在剛到車站，有沒有什麼東西要我買回去的？

F：麻煩買咖啡回來。

M：只要咖啡就好嗎？茶呢？

F：茶家裡還有。啊，對了！要加到咖啡裡面的砂糖也拜託順便買。

M：好，那我等一下就回去。

請問這位男士會買什麼東西回來呢？

【選項中譯】 1 只要咖啡　2 咖啡跟茶　3 咖啡跟砂糖　4 咖啡跟牛奶

攻略的要點

從四張圖裡，判斷對話中要說的是料理。這道題要問的是「女士會做什麼樣的菜呢？」。對話中分成兩段說出答案是「日本料理が食べたいです」（我想吃日本菜），跟「魚が好きです」（我喜歡吃魚）。後面再追加一個「會使用筷子」。知道正確答案是 3。

單字・慣用句及文法的意思

① 外国人（がいこくじん）（外國人）

② 料理（りょうり）（料理）

③〔目的語〕＋を（表示動作涉及到「を」前面的對象）

④ 作（つく）る（做〔菜〕）

⑤ 肉（にく）（肉）

⑥ 魚（さかな）（魚）

⑦ 箸（はし）（筷子）

⑧ できる（辦得到；完成）

攻略的要點

這道題要問的是「男士會買什麼東西回來呢？」。首先，預覽這四個單字，大致先掌握對話的內容。對話一開始女士先說「コーヒーをお願いします」（麻煩買咖啡回來），男性問女士，那要不要「お茶」（茶），立即被女士「まだあります」（還有）給否定掉，馬上消去 2，接下來女士又再追加「砂糖もお願いします」（砂糖也拜託）。正確答案是 3 的咖啡和砂糖。

單字・慣用句及文法的意思

① 電話（でんわ）（電話）

②〔到達點〕＋に（到…）

③ 帰（かえ）る（回家）

④ もしもし（喂〔電話中呼喚或回答〕）

⑤ 着（つ）く（到達）

⑥ コーヒー（咖啡）

⑦ お茶（ちゃ）（茶）

⑧ 砂糖（さとう）（砂糖）

第 21 題 模擬試題

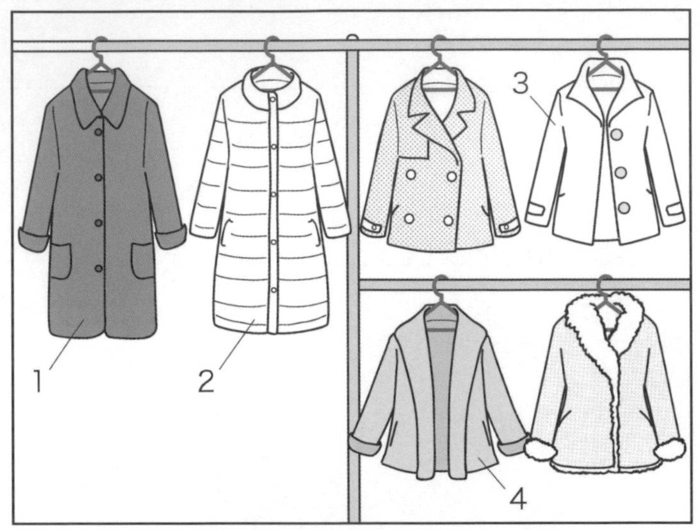

...答　え...

① ② ③ ④

第 22 題 模擬試題

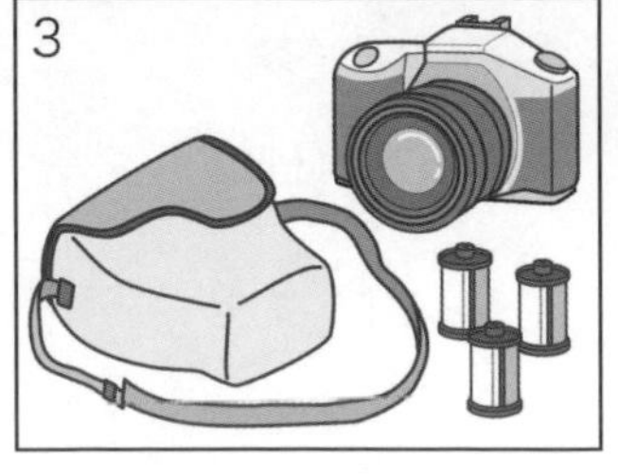

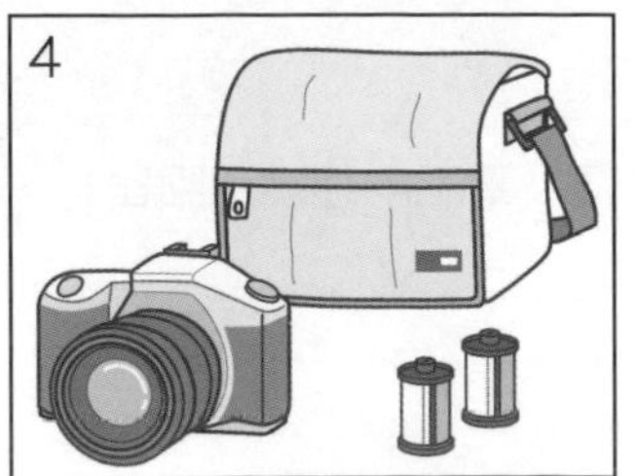

...答　え...

① ② ③ ④

第23題 模擬試題

CD 1-23

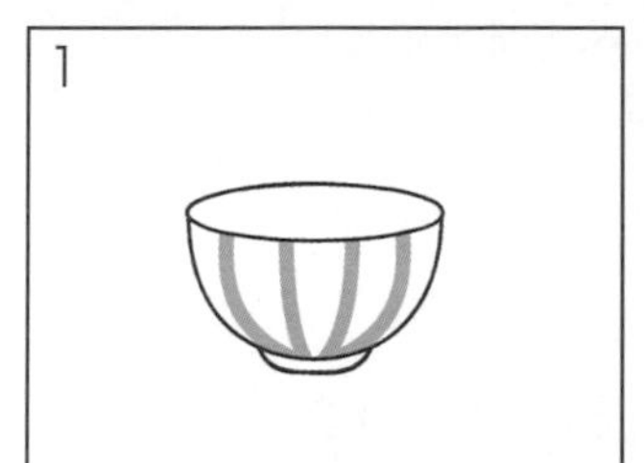

...答 え...
① ② ③ ④

第24題 模擬試題

CD 1-24

1　ほんやに行きます
2　まんがやざっしなどを読みます
3　せんせいにききます
4　としょかんに行きます

...答 え...
① ② ③ ④

問題 1 第 21 題 答案跟解說

女の人と店の人が話しています。女の人はどのコートを買いますか。

F：コートを買いたいのですが。

M：いろいろありますが、どんなコートですか。

F：長くて厚い冬のコートは持っていますので、春のコートがほしいです。

M：色や形は？ F：短くて白いコートがいいです。

M：それでは、このコートはいかがでしょう。

F：大きいボタンがかわいいですね。それを買います。

女の人はどのコートを買いますか。

【譯】女士和店員正在交談。請問這位女士會買哪一件外套呢？

F：我想要買外套。

M：有很多種款式，請問您想要哪種外套呢？

F：我已經有冬天的長版厚外套了，想要春天的外套。

M：顏色和款式呢？

F：我想要短版的白色外套。

M：那麼，這件外套如何呢？

F：大大的鈕釦好可愛喔！我就買那件。

請問這位女士會買哪一件外套呢？

問題 1 第 22 題 答案跟解說

CD 1-22

店で、女の人と店の人が話しています。女の人は、何を買いますか。

F：カメラを見せてください。M：旅行に持って行くのですか。

F：はい、そうです。ですから、小さくて軽いのがいいです。

M：それなら、このカメラがいいですよ。カメラを入れるケースもあるほうがいいですね。

F：わかりました。それと、フィルムを１本ください。

M：はい。このフィルムはとてもきれいな色が出ますよ。

F：では、そのフィルムをください。

女の人は、何を買いますか。

【譯】女士和店員正在商店裡交談。請問這位女士會買什麼呢？

F：請給我看看相機。

M：請問是要帶去旅行的嗎？

F：對，是的。所以要又小又輕的。

M：這樣的話，這一台相機很不錯喔！裝相機的相機包也要一起備妥比較好喔！

F：好的。還有，請給我一捲底片。

M：好。這種底片拍出來顏色非常漂亮喔！

F：那麼，請給我那種底片。

請問這位女士會買什麼呢？

攻略的要點

首先掌握設問「女士會買哪一件外套呢？」這一大方向。一開始女士說不需要「長くて厚い冬のコート」（冬天的長版厚外套），所以馬上刪掉１和２。接下說想要的是短的白色外套，喜歡有「大きいボタン」（大大的鈕釦）的外套，所以買的是３。正確答案是３。

單字・慣用句及文法的意思

① コート（外套）
② 厚い（厚的）
③ 冬（冬天）
④ 春（春天）
⑤ 色（顏色）
⑥ ～や～（…和…）
⑦ 形（形狀）
⑧ ボタン（鈕扣）

攻略的要點

這道題要問的是「女士會買什麼呢？」。首先，預覽這四張圖，判斷對話中出現的東西應該會有「カメラ、ケース、フィルム」。
女士買的是「小さくて軽い」（又小又輕）的相機、相機套和一卷底片。這題的選項中，底片的卷數是決定答案的關鍵。雖然「ケース」這個單字對N５來說有點難，不過就算聽不懂，看圖應該也能聯想得到了。正確答案是１。

單字・慣用句及文法的意思

① カメラ（相機）
② 小さい（小的）
③ 軽い（輕的）
④ 入れる（放入）
⑤ ケース（盒子；箱子）
⑥ ほうがいい（…比較好）
⑦ 本（卷，條，瓶〔長條物的助數詞〕）
⑧ とても（非常）

問題1 第 23 題 答案跟解說

男の人と女の人が話しています。女の人は、どれを取りますか。

M：今井さん、カップを取ってくださいませんか。

F：これですか。

M：それはお茶碗でしょう。コーヒーを飲むときのカップです。

F：ああ、こっちですね。

M：ええ、同じものが３個あるでしょう。２個取ってください。
　２時にお客さんが来ますから。

女の人は、どれを取りますか。

【譯】男士和女士正在交談。請問這位女士該拿哪一種呢？

M：今井小姐，可以麻煩妳拿杯子嗎？

F：是這個嗎？

M：那個是碗吧？我說的是喝咖啡用的杯子。

F：喔喔，是這一種吧？

M：對，那裡不是有相同款式的三只杯子嗎？麻煩拿兩個。因為客戶兩點要來。

請問這位女士該拿哪一種呢？

問題1 第 24 題 答案跟解說

女の学生と男の学生が話しています。男の学生はこのあとどうしますか。

F：もう宿題は終わりましたか。

M：まだなんです。うちの近くの本屋さんには、いい本がありませんでした。

F：本屋さんは、漫画や雑誌などが多いので、図書館の方がいいですよ。
　先生に聞きました。

M：そうですね。図書館に行って本をさがします。

男の学生はこのあとどうしますか。

【譯】女學生和男學生正在交談。請問這位男學生之後會怎麼做呢？

F：你作業都寫完了嗎？

M：還沒有。因為我家附近的書店都沒有好書。

F：我聽老師說過，書店裡多半都只有漫畫和雜誌之類的，你最好還是去圖書館喔。

M：妳說得有道理，那我去圖書館找書吧。

請問這位男學生之後會怎麼做呢？

【選項中譯】　1　去書店　2　看漫畫和雜誌等等　3　去問老師　4　去圖書館

攻略的要點

請用刪除法找出正確答案。首先，因為要的是「カップ」（杯子），不是「茶碗」（碗），所以不用考慮 1 和 2 。從「同じものが 3 個あるでしょう。 2 個とってください」（那裡不是有同款式的三只杯子嗎？麻煩拿兩個）知道從相同款式的三只杯子中，拿出兩個。所以正確解答是 3 。

單字・慣用句及文法的意思

① どれ（哪個）
② 取（と）る（拿）
③ カップ（杯子）
④ てくださいませんか（您能不能…）
⑤ 茶碗（ちゃわん）（茶碗；飯碗）
⑥ こっち（這邊，這些）
⑦ ええ（是，對〔表示肯定〕）
⑧ 同（おな）じ（相同）

攻略的要點

男學生雖然去了書店，不過並沒有找到好書。所以他接受女學生的建議，說書店裡多半都只有漫畫和雜誌之類的，「図書館のほうがいいですよ」（最好還是去圖書館），而最後選擇去圖書館。正確答案是 4 。

單字・慣用句及文法的意思

① もう＋〔肯定〕（已經…）
② うち（〔我〕家）
③ 漫画（まんが）（漫畫）
④ 雑誌（ざっし）（雜誌）
⑤ など（…等）
⑥ 方（ほう）（方面）
⑦ 〔對象（人）〕＋に（對…）
⑧ 聞（き）く（詢問）

第 25 題 模擬試題

1　7月7日
2　7月10日
3　8月10日
4　8月13日

…答　え…
1　2　3　4

第 26 題 模擬試題

1　10じ
2　12じ
3　13じ
4　14じ

…答　え…
1　2　3　4

第  27 題 模擬試題

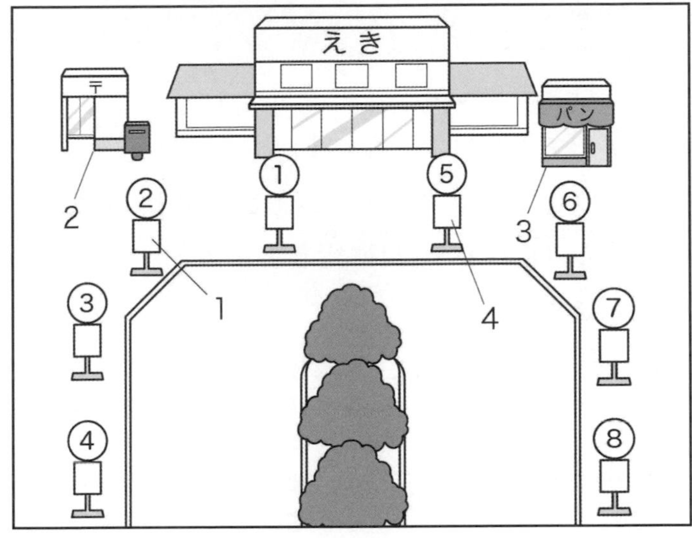

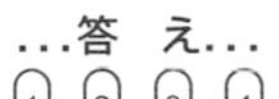

第 28 題 模擬試題

1　コート
2　マスク
3　ぼうし
4　てぶくろ

...答　え...
1 2 3 4

問題 1 第 ㉕ 題 答案跟解說

女の人と男の人が話しています。二人は、いつ海に行きますか。

F：毎日、暑いですね。

M：ああ、もう 7 月 7 日ですね。

F：いっしょに海に行きませんか。

M： 7 月中は忙しいので、来月はどうですか。

F：13 日の水曜日から、おじいさんとおばあさんが来るんです。

M：じゃあ、その前の日曜日の 10 日に行きましょう。

二人は、いつ海に行きますか。

【譯】女士和男士正在交談。請問他們兩人什麼時候要去海邊呢？

F：每天都好熱喔！

M：是啊，已經七月七號了嘛！

F：要不要一起去海邊呢？

M：我七月份很忙，下個月再去好嗎？

F：從十三號星期三起，我爺爺奶奶要來家裡。

M：那麼，就提早在十號的星期日去吧！

請問他們兩人什麼時候要去海邊呢？

【選項中譯】 1 七月七號　2 七月十號　3 八月十號　4 八月十三號

問題 1 第 ㉖ 題 答案跟解說

女の人と男の人が話しています。女の人は、明日何時ごろ電話しますか。

F：明日の午後、電話したいんですが、いつがいいですか。

M：明日は、仕事が 12 時半までで、そのあと、午後の 1 時半にはバスに乗るから、その前に電話してください。

F：分かりました。じゃあ、仕事が終わってから、バスに乗る前に電話します。

女の人は、明日何時ごろ電話しますか。

【譯】女士和男士正在交談。請問這位女士明天大約幾點會打電話呢？

F：明天下午我想打電話給你，幾點方便呢？

M：明天我工作到十二點半結束，之後下午一點半前要搭巴士，所以請在那之前打給我。

F：我知道了。那麼，我會在你工作結束後、搭巴士之前打電話過去。

請問這位女士明天大約幾點會打電話呢？

【選項中譯】 1 十點　2 十二點　3 下午一點　4 下午兩點

攻略的要點

解題的訣竅

因為提到「7月中は忙しいので、来月はどうですか」（七月份很忙，下個月再去好嗎？），所以之後接下來說的都是指八月期間的計畫。因為提到「日曜日の10日に行きましょう」（十號的星期日去吧），所以去的日子是八月十日。正確答案是3。

單字・慣用句及文法的意思

① 〔句子〕＋か（嗎）

② 暑い（あつい）（〔天氣〕熱的）

③ 七日（なのか）（七號；七天）

④ 来月（らいげつ）（下個月）

⑤ 水曜日（すいようび）（星期三）

⑥ おじいさん（爺爺；外公）

⑦ おばあさん（奶奶；外婆）

⑧ 十日（とおか）（十號；十天）

攻略的要點

解題的訣竅

男士比較方便的是十二點半開始到一點半為止的這段時間。選項3寫的「13じ」就是下午一點，剛好在這段時間內。正確答案是3。這是考時間的題型，對話中幾乎沒有直接說出考試點的時間，必須經過判斷或加減乘除的計算。

單字・慣用句及文法的意思

① 人（ひと）（人）

② 話す（はなす）（說〔話〕）

③ ころ・ごろ（時候）

④ 仕事（しごと）（工作）

⑤ その（那個）

⑥ 半（はん）（…半）

⑦ 分かる（わかる）（知道）

⑧ 動詞まえに（…前）

問題 1 第 27 題 答案跟解說

駅で、男の人が女の人に電話をかけています。男の人は、初めにどこに行きますか。

M：今、駅に着きました。

F：わかりました。では、5番のバスに乗って、あおぞら郵便局というところで降りてください。15分ぐらいです。

M：2番のバスですね。郵便局の前の……。

F：いいえ、5番ですよ。郵便局は降りるところです。

M：ああ、そうでした。わかりました。駅の近くにパン屋があるので、おいしいパンを買っていきますね。

F：ありがとうございます。では、郵便局の前で待っています。

男の人は、初めにどこに行きますか。

【譯】男士正在車站裡打電話給女士。請問這位男士會先到哪裡呢？

M：我剛剛到車站了。

F：好的。那麼，現在去搭五號巴士，請在一個叫作青空郵局的地方下車。大概要搭十五分鐘。

M：二號巴士對吧？是在郵局前面…。

F：不對，是五號喔！郵局是下車的地方。

M：喔喔，這樣喔，我知道了。車站附近有麵包店，我會買好吃的麵包帶過去的。

F：謝謝你。那麼，我會在郵局前面等你。

請問這位男士會先到哪裡呢？

問題 1 第 28 題 答案跟解說

男の人と女の人が話しています。男の人はどれを使いますか。

M：行ってきます。

F：えっ、上に何も着ないで出かけるんですか。

M：ええ、朝は寒かったですが、今はもう暖かいので、いりません。

F：でも、今日は午後からまた寒くなりますよ。

M：そうですか。じゃ、着ます。

男の人はどれを使いますか。

【譯】男士和女士正在交談。請問這位男士會穿戴哪一個呢？

M：我出門了。

F：噫？你什麼外套都沒穿就要出門了嗎？

M：是啊，早上雖然很冷，可是現在已經很暖和，不用多穿了。

F：可是，今天從下午開始又會變冷喔！

M：這樣哦？那，我加穿衣服吧。

請問這位男士會穿戴哪一個呢？

【選項中譯】 1外套　2口罩　3帽子　4手套

攻略的要點

解題的訣竅

男士現在的所在位置是車站。接著要從車站前的五號公車站牌搭公車，在一個叫做青空郵局的公車站下車，和女士見面。不過，在這之前因為提到「駅の近くにパン屋があるので、おいしいパンを買っていきますね」（車站附近有麵包店，我會買好吃的麵包帶過去的），所以在搭公車之前會先去麵包店。正確答案是 3 。

單字・慣用句及文法的意思

① かける（電話を）（打〔電話〕）
② 初めに（第一次）
③ ところ（地方）
④ 降りる（下〔車〕）
⑤ 分（…分）
⑥ くらい・ぐらい（左右）
⑦ ～に～があります／います（在…有…）
⑧ おいしい（好吃的）

攻略的要點

解題的訣竅

這道問題要問的是「男士會穿戴哪一個呢？」。從最後一句的「じゃ、着ます」（那，我加穿衣服吧），知道男士為了禦寒，外面想要「着る」（穿）某樣東西。選項當中，只有 1 的「コート」（外套）可以使用「着る」（穿）這個動詞。正確答案是 1 。其他，「戴口罩」大多用「マスクをする」或「マスクをつける」這兩種說法。「戴帽子」只有「帽子をかぶる」的說法。「戴手套」則是「手袋をする」或「手袋をはめる」。

單字・慣用句及文法的意思

① どれ（哪個）
② 使う（使用）
③ 行ってきます（我出門了）
④ 着る（穿）
⑤ 動詞ないで（不…）
⑥ 寒い（寒冷的）
⑦ 暖かい（溫暖的）
⑧ また（又）

第 29 題 模擬試題

1　6こ

2　10こ

3　12こ

4　16こ

...答 え...

1　2　3　4

第 30 題 模擬試題

1

2

3

4

...答 え...

1　2　3　4

第 31 題 模擬試題

1　きょうしつのまえのろうか
2　がっこうのしょくどう
3　せんせいがたのへや
4　Ｂぐみのきょうしつ

...答　え...
1　2　3　4

第 32 題 模擬試題

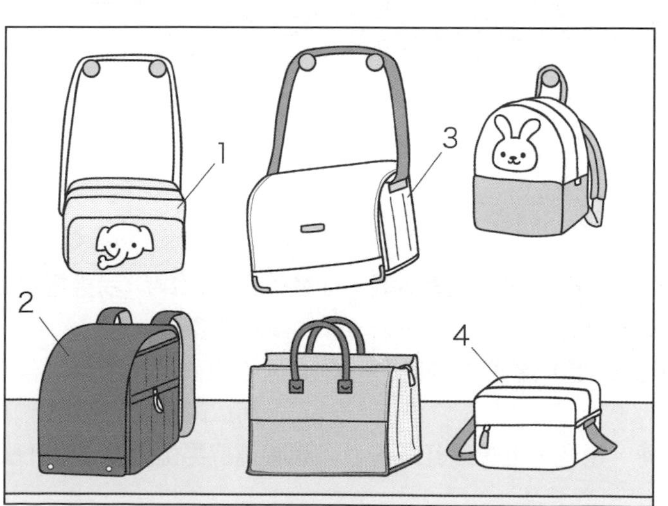

問題 1 第 29 題 答案跟解說

女の人と男の人が話しています。男の人は卵を全部で何個買いますか。

F：スーパーで卵を買ってきてください。

M：箱に 10 個入っているのでいいですか。

F：お客さんが来るので、それだけじゃ少ないです。

M：あと何個いるんですか。

F：箱に 6 個入っているのがあるでしょう。それもお願いします。

M：わかりました。

男の人は卵を全部で何個買いますか。

【譯】女士和男士正在交談。請問這位男士總共會買幾顆雞蛋呢？

F：麻煩你去超級市場幫忙買雞蛋回來。

M：買一盒十顆包裝的那種就可以嗎？

F：有客人要來，單買一盒不夠。

M：還缺幾顆呢？

F：不是有一盒六顆包裝的嗎？那個也麻煩買一下。

M：我知道了。

請問這位男士總共會買幾顆雞蛋呢？

【選項中譯】 1 六顆　2 十顆　3 十二顆　4 十六顆

問題 1 第 30 題 答案跟解說

男の人と女の人が話しています。男の人は、この後、何を食べますか。

M：晩ご飯、おいしかったですね。この後、何か食べますか。

F：果物が食べたいです。それから、紅茶もほしいです。

M：僕は、果物よりおかしが好きだから、ケーキにします。

F：私もケーキは好きですが、太るので、晩ご飯の後には食べません。

男の人は、この後、何を食べますか。

【譯】男士和女士正在交談。請問這位男士之後會吃什麼呢？

M：這頓晚餐真好吃！接下來要吃什麼呢？

F：我想吃水果。還有，也想喝紅茶。

M：比起水果，我更喜歡吃甜點，我要吃蛋糕。

F：我也喜歡吃蛋糕，但是會變胖，所以晚餐之後不吃。

請問這位男士之後會吃什麼呢？

對於男士說買「10個入っているの」（十入裝的）就可以了嗎？這一詢問，女士提到「それだけじゃ少ない」（單買一盒不夠）。而對於「6個入っているの」（六入裝的），也說了「お願いします」（麻煩買一下），知道要買的是「十入裝的」和「六入裝的」各買一盒。正確答案是4。

這道數量題型對話中雖然直接說出答案，但是分段說出，再加上對話中有些機關，所以不僅要聽準，還要進行判斷，才能得出正確答案。

單字・慣用句及文法的意思

① 卵（蛋）
② 全部（全部）
③ スーパー（超市）
④ 箱（箱子，盒子）
⑤ 入る（放入）
⑥ 動詞ている〔結果或狀態的持續〕（…著）
⑦ 客（客人）
⑧ 少ない（少的）

這道題要抓住設問的主題在「男士之後會吃什麼呢？」首先，預覽這四張圖，判斷對話中出現的東西應該會有「果物（りんご、みかん）、紅茶、ケーキ」。同樣地，對話還沒開始前，要立即想出這幾樣東西的日文。

一開始重點在「男士」身上。由於一開始話題的重點在女士身上，談話方向很容易被混淆了，要冷靜抓住方向。然後排除女士說的「果物」、「紅茶」。最後，男士終於說出答案「僕は、～ケーキにします」（我 要吃蛋糕），可以知道答案是4。「にします」（要 ，決定 ）表示決定、選定某事物。

單字・慣用句及文法的意思

① 後（…後）
② 晩ご飯（晚餐）
③ 果物（水果）
④ 紅茶（紅茶）
⑤ お菓子（糕點）
⑥ ケーキ（蛋糕）
⑦ 太る（肥胖）

問題 1 第 31 題 答案跟解說

CD 1-31

学校で、女の人と男の人が話しています。男の人は、後でどこに行きますか。

F：山田先生があなたをさがしていましたよ。M：えっ、どこでですか。

F：教室の前のろうかでです。あなたのさいふが学校の食堂に落ちていたと言っていましたよ。

M：そうですか。山田先生は今、どこにいるのですか。

F：さっきまで先生方の部屋にいましたが、もう授業が始まったので、B組の教室にいます。

M：じゃ、授業が終わる時間に、ちょっと行ってきます。

男の人は、後でどこに行きますか。

【譯】女士和男士正在學校裡交談。請問這位男士之後要去哪裡呢？

F：山田老師在找你喔！

M：嗄？在哪裡遇到的呢？

F：在教室前面的走廊。說是你的錢包掉在學校餐廳裡了。

M：原來是這樣哦。山田老師現在在哪裡呢？

F：剛才還在教師們的辦公室裡，可是現在已經開始上課了，所以在B班的教室。

M：那，等下課以後我去一下。

請問這位男士之後要去哪裡呢？

【選項中譯】 1 教室前面的走廊　2 學校的餐廳　3 教師們的辦公室　4 B 班的教室

問題 1 第 32 題 答案跟解說

CD 1-32

店で、女の人と店の人が話しています。店の人は、どのかばんを取りますか。

F：子どもが学校に持っていくかばんはありますか。

M：お子さんはいくつですか。

F：12 歳です。

M：では、あれはどうですか。絵がついていない、白いかばんです。大きいので、にもつがたくさん入りますよ。動物の絵がついているのは、小さいお子さんが使うものです。

店の人は、どのかばんを取りますか。

【譯】女士和店員正在商店裡交談。請問這位店員會拿出哪一個包包呢？

F：有沒有適合兒童帶去學校用的包包呢？

M：請問您的孩子是幾歲呢？

F：十二歲。

M：那麼，那個可以嗎？上面沒有圖案，是白色的包包，容量很大，可以放很多東西喔！有動物圖案的是小小孩用的。

請問這位店員會拿出哪一個包包呢？

攻略的要點

男士想去見山田老師。而山田老師現在「B 組の教室にいます」（B 班的教室）。但是因為現在是上課時間，不能打擾他，所以只能在下課時間，再去見他。正確答案是 4 。

這類題型談論的地點多，干擾性強，屬於略聽，所以可以不必拘泥於聽懂每一個字，重點在抓住談話的主題，或是整體的談話方向。

單字・慣用句及文法的意思

① 先生（せんせい）（老師）
② 〔場所〕＋で（在…）
③ 廊下（ろうか）（走廊）
④ 落（お）ちる（掉，落）
⑤ さっき（剛才）
⑥ 方（がた）（們）
⑦ 始（はじ）まる（開始）
⑧ 組（ぐみ/くみ）（…班）

攻略的要點

請用刪去法找出正確答案。首先掌握設問「店員會拿出哪一個包包呢？」這一大方向。因為店員提到「絵がついていない、白いかばん」（沒有圖案，白色的包包），所以只有選項 3 、4 符合。接著，又提到「大きいので」（因為很大），所以小的選項 4 可以刪掉。正確答案是 3 。

單字・慣用句及文法的意思

① 店（みせ）（店家）
② かばん（包包）
③ ある（〔無生命體或植物〕有）
④ お子（こ）さん（您孩子）
⑤ あれ（那個）
⑥ どう（如何）
⑦ ～が＋自動詞（表示無人為意圖發生的動作）
⑧ つく（附著）

第 33 題 模擬試題

1　プールでおよぎます
2　本をよみます
3　りょこうに行きます
4　しゅくだいをします

...答　え...
1　2　3　4

第 34 題 模擬試題

...答　え...
1　2　3　4

第 35 題 模擬試題

1　へやをあたたかくします
2　あついコーヒーをのみます
3　ばんごはんをたべます
4　おふろに入ります

...答　え...
1　2　3　4

第 36 題 模擬試題

1　ホテルのちかくのレストラン
2　えきのちかくのレストラン
3　ホテルのちかくのパンや
4　ホテルのじぶんのへや

...答　え...
1　2　3　4

問題 1 第 33 題 答案跟解說

女の留学生と男の留学生が話しています。男の留学生は、夏休みにまず何をしますか。

F：夏休みには、何をしますか。

M：プールで泳ぎたいです。本もたくさん読みたいです。それから、すずしいところに旅行にも行きたいです。

F：わたしの学校は、夏休みの宿題がたくさんありますよ。あなたの学校は？

M：ありますよ。日本語で作文を書くのが宿題です。宿題をやってから遊ぶつもりです。

男の留学生は、夏休みにまず何をしますか。

【譯】女留學生和男留學生正在交談。請問這位男留學生暑假時最先會做什麼呢？

F：你暑假要做什麼呢？

M：我想去泳池游泳，也想看很多書。然後，還想去涼爽的地方旅行。

F：我的學校給了很多暑假作業耶！你的學校呢？

M：有啊！作業是用日文寫作文。我打算先做完作業後再去玩。

請問這位男留學生暑假時最先會做什麼呢？

【選項中譯】 1 在泳池游泳　2 看書　3 去旅行　4 做作業

問題 1 第 34 題 答案跟解說

ペットの店で、男のお店の人と女の客が話しています。女の客はどれを買いますか。

M：あの大きな犬はいかがですか。

F：家がせまいから、小さい動物の方がいいんですが。

M：では、あの毛が長くて小さい犬は？かわいいでしょう。

F：あのう、犬よりねこの方が好きなんです。

M：じゃ、あの白くて小さいねこは？かわいいでしょう。

F：あ、かわいい。まだ子ねこですね。

M：鳥も小さいですよ。　F：いえ、もうあっちに決めました。

女の客はどれを買いますか。

【譯】男店員和女顧客正在寵物店裡交談。請問這位女顧客會買哪一隻動物呢？

M：您覺得那隻大狗如何呢？

F：家裡很小，小動物比較適合。

M：那麼，那隻長毛的小狗呢？很可愛吧？

F：呃，比起狗，我更喜歡貓。

M：那麼，那隻白色的小貓呢？很可愛吧？

F：啊！好可愛！還是一隻小貓咪呢？

M：鳥的體型也很小哦！

F：不用了，我已經決定要那一隻了。

請問這位女顧客會買哪一隻動物呢？

攻略的要點

首先掌握設問「男留學生暑假時最先會做什麼呢？」這一大方向。相同地，這道題也談論了許多的事情。首先男留學生說「想去游泳、想看很多書、想去涼爽的地方旅行」，但這都被這一句給否定了「宿題をやってから遊ぶつもり」（打算先做完作業後再去玩）。所以首先要做的事是做作業。正確答案是 4 。

「接下要做什麼」、「首先要做什麼」這類的題型，一般常在動作和動作之間用了「まず・そして・てから・最後」等詞語，只要隨著主題，聽解細節，跟上談話思路，邊聽邊在圖上做記號，就容易迎刃而解了。

單字・慣用句及文法的意思

① 夏休み（暑假）
② まず（首先）
③ プール（游泳池）
④ 日本語（日語）
⑤ 〔方法・手段〕で（用…）
⑥ 作文（作文）
⑦ やる（做）
⑧ 遊ぶ（遊玩）

攻略的要點

請用刪去法找出正確答案。首先，大隻狗不行，接著小隻狗也不要，提到貓的時候，說了「かわいい」（好可愛），所以貓的選項先保留。提到鳥時，說「いえ」（不用了）拒絕了，然後又說「あっちに決めました」（我已經決定要那一隻了），所以最後決定選擇買貓。正確答案是 3 。

單字・慣用句及文法的意思

① ペット（寵物）
② 買う（買）
③ 大きな（大的）
④ いかが（如何）
⑤ かわいい（可愛的）
⑥ より～ほう（比…更…）
⑦ 鳥（鳥）
⑧ 決める（決定）

問題 1 第 35 題 答案跟解說

女の人と男の人が話しています。男の人は、このあと初めに何をしますか。

F：おかえりなさい。寒かったでしょう。今、部屋を暖かくしますね。

M：うん、ありがとう。

F：熱いコーヒーを飲みますか。すぐ晩ご飯を食べますか。

M：晩ご飯の前に、おふろのほうがいいです。

F：どうぞ。おふろも用意してあります。

男の人は、このあと初めに何をしますか。

【譯】女士和男士正在交談。請問這位男士之後要先做什麼呢？

F：你回來了！外面很冷吧？我現在就開暖氣喔！

M：嗯，謝謝。

F：要不要喝熱咖啡？晚飯要現在吃嗎？

M：我想在吃晚飯前先洗澡。

F：去洗吧，洗澡水已經放好了。

請問這位男士之後要先做什麼呢？

【選項中譯】 1 開室內暖氣　2 喝熱咖啡　3 吃晚飯　4 洗澡

問題 1 第 36 題 答案跟解說

男の人とホテルの女の人が話しています。男の人は、どこで晩ご飯を食べますか。

M：晩ご飯をまだ食べていません。近くにレストランはありますか。

F：駅の近くにありますが、ホテルからは遠いです。タクシーを呼びましょうか。 M：そうですね……。パン屋はありますか。

F：パンは、ホテルの中の店で売っています。

M：そうですか。疲れていますので、パンを買って、部屋で食べたいです。

F：パン屋はフロントの前です。

男の人は、どこで晩ご飯を食べますか。

【譯】男士和旅館女性員工正在交談。請問這位男士要在哪裡吃晚餐呢？

M：我還沒吃晚餐，這附近有餐廳嗎？

F：車站附近有，但是從旅館去那裡太遠了。要幫您叫計程車嗎？

M：這樣哦…，有麵包店嗎？

F：麵包的話，在旅館附設的麵包店有販售。

M：這樣啊。我很累了，想買麵包帶回房間裡吃。

F：麵包店在櫃臺前方。

請問這位男士要在哪裡吃晚餐呢？

【選項中譯】 1 旅館附近的餐廳　2 車站附近的餐廳　3 旅館附近的麵包店　4 旅館內自己的房間裡

攻略的要點

因為說了「晩ご飯の前に、おふろのほうがいいです」（我想在吃飯前先洗澡），所以是洗澡之後才吃晚餐，答案是 4 。選項 1 錯在把房間弄暖的是女士。至於選項 2 ，男士要不要喝咖啡，對話中並沒有提到。

單字・慣用句及文法的意思

① 何（什麼）
② お帰りなさい（你回來了）
③ 形容詞く＋します（使…）
④ うん（嗯〔應答〕）
⑤ 熱い（熱的）
⑥ すぐ（馬上）
⑦ お風呂（洗澡）
⑧ 用意（準備）

攻略的要點

因為提到「パンを買って、部屋で食べたいです」（想買麵包帶回房間裡吃），也就是「ホテルのじぶんのへや」（旅館內自己的房間裡），所以正確解答是 4 。

單字・慣用句及文法的意思

① 駅（車站）
② 遠い（遙遠的）
③ 呼ぶ（呼叫）
④ 動詞ましょうか（…吧）
⑤ パン屋（麵包店）
⑥ 中（裡面）
⑦ 売る（販賣）
⑧ フロント（櫃臺，服務台）

第 37 題 模擬試題

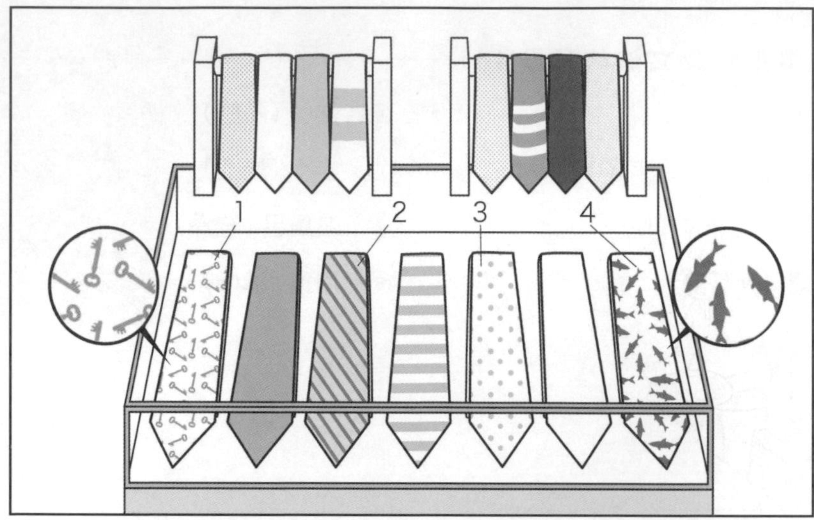

...答 え...
1 2 3 4

第 38 題 模擬試題

1　ぎんこう
2　いえのまえのポスト
3　ゆうびんきょく
4　ぎんこうのまえのポスト

...答 え...
1 2 3 4

第 39 題 模擬試題

CD 1-39

…答 え…

1 2 3 4

第 40 題 模擬試題

CD 1-40

1　でんしゃ
2　あるきます
3　じてんしゃ
4　タクシー

…答 え…

1 2 3 4

問題 1 第 37 題 答案跟解說

デパートで、男(おとこ)の人(ひと)と店(みせ)の人(ひと)が話(はな)しています。男(おとこ)の人(ひと)はどのネクタイを買(か)いますか。

M：青(あお)いシャツにしめるネクタイを探(さが)しているんですが……。

F：何色(なにいろ)が好(す)きですか。

M：ここにあるのは、どれもいい色(いろ)ですね。F：何(なん)の絵(え)のがいいですか。

M：ガラスのケースの中(なか)の、鍵(かぎ)の絵(え)のはおもしろいですね。青(あお)いシャツにも合(あ)うでしょうか。

F：大丈夫(だいじょうぶ)ですよ。

男(おとこ)の人(ひと)はどのネクタイを買(か)いますか。

【譯】男士正在百貨公司裡和店員交談。請問這位男士要買的是哪一條領帶呢？

M：我正在找適合搭配藍色襯衫的領帶…。

F：您喜歡什麼顏色呢？

M：陳列在這裡的每一條都是不錯的顏色耶！

F：什麼圖案的比較喜歡呢？

M：擺在玻璃櫥裡那條鑰匙圖案的蠻有意思的。不曉得適不適合搭在藍色襯衫上呢？

F：很適合喔！

請問這位男士要買的是哪一條領帶呢？

問題 1 第 38 題 答案跟解說

CD 1-38

男(おとこ)の人(ひと)と女(おんな)の人(ひと)が話(はな)しています。男(おとこ)の人(ひと)ははじめにどこへ行(い)きますか。

M：これから銀行(ぎんこう)に行(い)くんですが、この手紙(てがみ)、家(いえ)の前(まえ)のポストに入(い)れましょうか。

F：いえ、それは、まだ切手(きって)を貼(は)っていないので、あとでわたしが郵便局(ゆうびんきょく)に行(い)って出(だ)しますよ。

M：それじゃ、銀行(ぎんこう)に行(い)く前(まえ)にぼくが郵便局(ゆうびんきょく)に行(い)きますよ。

F：そう。では、そうしてください。

M：わかりました。銀行(ぎんこう)に行(い)ってお金(かね)を預(あず)けたら、すぐ帰(かえ)ります。

男(おとこ)の人(ひと)ははじめにどこへ行(い)きますか。

【譯】男士和女士正在交談。請問這位男士會先去哪裡呢？

M：我現在要去銀行，這封信要不要幫妳投進我們家前面的郵筒裡呢？

F：不用。那封信還沒有貼郵票，我等一下再去郵局寄就好囉！

M：那麼，我去銀行之前，先去郵局一趟吧！

F：是哦？那麼麻煩你了。

M：好的。我去銀行存款之後馬上回來。

請問這位男士會先去哪裡呢？

【選項中譯】 1 銀行　2 住家前面的郵筒　3 郵局　4 銀行前面的郵筒

攻略的要點

針對男士的喜好，首先，在顏色方面他說「どれもいい色」（每一條都是不錯的顏色）。接著，還提到「鍵の絵のはおもしろい」（鑰匙圖案的蠻有意思），所以考慮的是選項 1。雖然男士擔心那條領帶不知道是否「青いシャツにも合う」（適合藍色襯衫），但經過店員的保證說「大丈夫ですよ」（很適合的喔），所以男士要買的是 1。正確答案是 1。

單字・慣用句及文法的意思

① ネクタイ（領帶）
② 締める（繫〔領帶〕）
③ ここ（這裡）
④ 疑問詞＋も（都）
⑤ ガラス（玻璃）
⑥ おもしろい（有趣的）
⑦ 合う（搭配）

攻略的要點

如果問題裡面出現了「はじめに」（最初）、「まず」（首先）等字眼，那麼對話中提到「要去的地方、要做的事等」一定不只一件。只要預覽試卷上的圖或文字，事先掌握相關單字，甚至判斷場景，接下來就是聽準每個動作或場所，配合插圖或文字，利用消去法，並注意有無插入動作，就可以得出答案了。
這題要考從幾個地方中，選出第一個要去的地方。因為男士說「これから銀行に行くんです」（現在要去銀行），所以要注意聽去銀行之前，有無插入其他要先去的地方。因為男士提到「銀行に行く前にぼくが郵便局に行きますよ」（去銀行之前，先去郵局一趟吧），女士也提出「では、そうしてください」（那就麻煩你了）的請求，知道最先去的地方是郵局。正確答案是 3。

單字・慣用句及文法的意思

① この（這個）
② 家（家）
③ 貼る・張る（張貼）
④ 私（我）
⑤ 僕（我〔男性自稱〕）
⑥ そう（這樣啊）
⑦ 預ける（存放）

問題 1 第 39 題 答案跟解說

お母さんが子どもたちに話しています。まり子は何をしますか。

CD 1-39

F1：今日はおじいさんの誕生日ですから、料理をたくさん作りますよ。はな子はテーブルにお皿を並べて、さち子は冷蔵庫からお酒を出してください。

F2：わたしは？

F1：まり子は、テーブルに花をかざってください。

まり子は何をしますか。

【譯】媽媽正對著女兒們說話。請問真理子該做什麼呢？

F1：今天是爺爺的生日，要做很多菜喔！花子幫忙在桌上擺盤子，幸子幫忙把酒從冰箱裡拿出來。

F2：我呢？

F1：真理子幫忙把花放到桌上做裝飾。

請問真理子該做什麼呢？

問題 1 第 40 題 答案跟解說

女の人と男の人が話しています。男の人は、何で病院に行きますか。

1-40

F：顔色が青いですよ。

M：電車の中でおなかが痛くなったんです。

F：すぐ、近くの病院へ行った方がいいですね。

M：でも、病院まで歩きたくありません。

F：自転車は？

M：いえ、すみませんが、タクシーをよんでくださいませんか。

男の人は、何で病院に行きますか。

【譯】女士和男士正在交談。請問這位男士怎麼到醫院呢？

F：您的臉色發青耶！

M：在電車裡忽然肚子痛了起來。

F：馬上去附近的醫院比較好喔！

M：可是，我不想走路去醫院。

F：騎自行車可以嗎？

M：不行。不好意思，可以麻煩妳幫我叫一輛計程車嗎？

請問這位男士怎麼到醫院呢？

【選項中譯】 1 電車　2 步行　3 自行車　4 計程車

攻略的要點

道題要問的是「真理子該做什麼呢？」。對話內容直接提到「まり子は、テーブルに花をかざってください」（真理子幫忙把花放到桌上做裝飾）。所以正確解答是2。
記住，聽力考試的訣竅就是：邊聽（全神貫注）！邊記（簡單記下）！邊刪（用圈叉法）！

單字・慣用句及文法的意思

① お母(かあ)さん（母親）
② たち（們）
③ テーブル（食桌）
④ お皿(さら)（盤子）
⑤ 並(なら)べる（排列）
⑥ 動詞＋て（連接短句）（表示並列幾個動作或狀態）
⑦ 冷蔵庫(れいぞうこ)（冰箱）
⑧ 飾(かざ)る（裝飾）

攻略的要點

男士稍早在電車裡覺得身體不太舒服，所以電車並不是他接下來打算要選擇的交通工具。再加上，男士不想走路，女士建議他騎自行車，也被他用「いえ」（不行）給否決掉。最後，男士提出請求說「タクシーをよんでくださいませんか」（可以麻煩你幫我叫一輛計程車嗎），知道他是搭計程車到醫院了。正確答案是4。
另外，日語的「顔色」跟中文「顏色」意思不同，日語的「顔色」是「臉色」的意思喔！

單字・慣用句及文法的意思

① 顔(かお)（臉）
② 青(あお)い（藍色的）
③ 電車(でんしゃ)（電車）
④ おなか（肚子）
⑤ 痛(いた)い（痛的）
⑥ 形容詞く＋なります（變…）
⑦ 自転車(じてんしゃ)（單車）
⑧ すみません（不好意思）

第 41 題 模擬試題

1　ほんをよみます
2　かいものに行きます
3　きゃくをまちます
4　おちゃのよういをします

...答　え...
① ② ③ ④

第 42 題 模擬試題

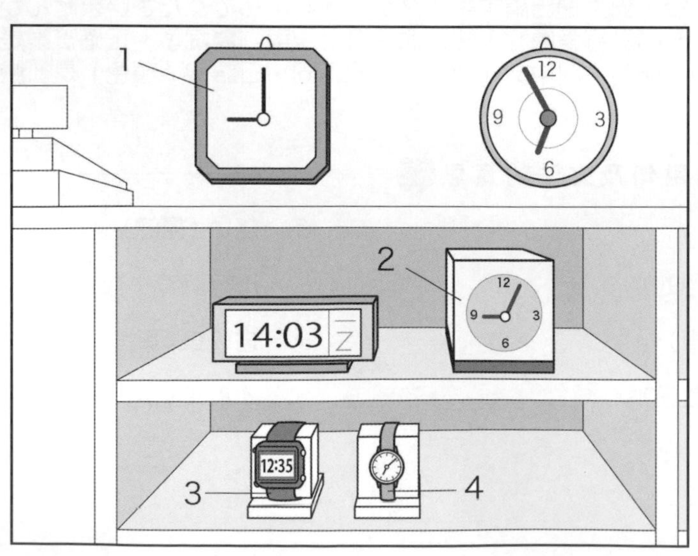

...答　え...
① ② ③ ④

第 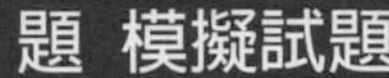 題 模擬試題

1 くろのえんぴつ
2 あおのまんねんひつ
3 くろのボールペン
4 あおのボールペン

…答 え…
1 2 3 4

問題 1 第 41 題 答案跟解說

CD 1-41

会社で、女の人と男の人が話しています。男の人は今から何をしますか。

F：佐藤さん、ちょっといいですか。

M：何でしょう。今、仕事で使う本を読んでいるんですが。

F：ちょっと買い物を頼みたいんです。

M：２時にお客さんが来ますよ。

F：その、お客さんに出すものですよ。

M：わかりました。何を買いましょうか。

F：何か果物をお願いします。私はお茶の用意をします。

男の人は今から何をしますか。

【譯】女士和男士正在公司裡交談。請問這位男士接下來要做什麼呢？

F：佐藤先生，可以打擾一下嗎？

M：什麼事？我現在正在看工作上要用到的書。

F：我想請你幫忙去買點東西。

M：兩點有客戶要來喔！

F：就是要招待那位客戶的東西呀！

M：我知道了。要買什麼呢？

F：麻煩你去買點水果。我來準備茶水。

請問這位男士接下來要做什麼呢？

【選項中譯】 1看書　2去買東西　3等客戶　4準備茶水

問題 1 第 42 題 答案跟解說

女の人と店の男の人が話しています。店の男の人はどの時計をとりますか。

F：時計を買いたいのですが。

M：壁にかける大きな時計ですか。机の上などに置く時計ですか。

F：いえ、腕にはめる腕時計です。目が悪いので、数字が大きくてはっきりしているのがいいです。

M：わかりました。ちょうどいいのがありますよ。

店の男の人はどの時計をとりますか。

【譯】女士和男店員正在交談。請問這位男店員會把哪一只鐘錶拿出來呢？

F：我想買鐘錶。

M：是掛在牆上的大時鐘嗎？還是擺在桌上之類的時鐘呢？

F：不是，是戴在手上的手錶。我視力不佳，想要買數字大、看得清楚的。

M：好的。剛好有符合您需求的手錶。

請問這位男店員會把哪一只鐘錶拿出來呢？

攻略的要點

首先掌握設問「男士接下要做什麼？」這一大方向。首先看到四個選項，大致就能知道談論的就是這四件事了。

首先是男士一直都在看書，不過，他答應要去買女士拜託他買的東西，所以「今から」要做的事情是去買東西。買的物品是水果「何か果物をお願いします」（麻煩你去買點水果）。正確答案是 2 。

單字・慣用句及文法的意思

① 動詞ています（動作進行中）（正在…）
② する（做）
③ さん（先生；小姐）
④ 時（點〔鐘〕）
⑤ 出す（給；拿出）
⑥ もの（東西）
⑦ 〔疑問詞〕＋か（嗎）
⑧ お（表示鄭重）

攻略的要點

請用刪去法找出正確答案。不管是男店員問的「壁にかける大きな時計」（掛在牆上的大時鐘）或是「机の上などに置く時計」（擺在桌上之類的時鐘）的選項，都被女士的「いえ」（不是）給否定掉了，所以選項 1 、 2 是不正確的。知道女士想要的是手錶，而手錶有 3 、 4 這兩個選項。但是因為女士提到「数字が大きくてはっきりしているのがいい」（想要數字大，看得清楚的），所以符合需求的是 3 。正確答案是 3 。

單字・慣用句及文法的意思

① 時計（時鐘；手錶）
② 壁（牆壁）
③ かける（掛）
④ 置く（放置）
⑤ 目（眼睛）
⑥ 悪い（壞的，不好的）
⑦ 数字（數字）
⑧ はっきり（清楚地）

問題 1 第 43 題 答案跟解說

女の人と男の人が話しています。男の人は、何で名前を書きますか。

F：ここに名前を書いてください。

M：はい。鉛筆でいいですね。

F：いえ、鉛筆はよくないです。

M：どうしてですか。

F：鉛筆の字は消えるので、ボールペンか、万年筆で書いてください。色は、黒か青です。

M：わかりました。万年筆は持っていないので、これでいいですね。

F：はい、青のボールペンなら大丈夫です。

男の人は、何で名前を書きますか。

【譯】女士和男士正在交談。請問這位男士會用哪種筆寫名字呢？

F：請在這裡寫上大名。

M：好，可以用鉛筆寫吧！

F：不，用鉛筆不妥當。

M：為什麼呢？

F：因為鉛筆的字跡可以被擦掉，所以請用原子筆或鋼筆書寫。墨水的顏色要是黑色或藍色的。

M：我知道了。我沒有鋼筆，用這個可以吧！

F：可以的，藍色的原子筆沒有問題。

請問這位男士會用哪種筆寫名字呢？

【選項中譯】 1 黑色的鉛筆　2 藍色的鋼筆　3 黑色的原子筆　4 藍色的原子筆

解題的訣竅

對話中知道可以用的是「ボールペンか、万年筆」（原子筆或鋼筆），顏色要是「黒か青」（黑色或藍色）。最後，男士沒有帶鋼筆，決定要用「これ」（這個）來寫。至於「これ」到底指的是什麼呢？從對話的最後一句知道指的是「青のボールペン」（藍色的原子筆）。正確答案是 4。

單字・慣用句及文法的意思

① 鉛筆（えんぴつ）（鉛筆）

② よい（好的）

③ 字（じ）（字）

④ 消える（きえる）（消失）

⑤ ので（原因）（因為…所以…）

⑥ 万年筆（まんねんひつ）（鋼筆）

⑦ 黒（くろ）（黑色）

⑧ 青（あお）（藍色）

N5 聽力模擬考題　問題２

ポイント理解

もんだい２では、はじめに　しつもんを　きいて　ください。それから　はなしを　きいて、もんだいようしの　１から４の　なかから、いちばん　いい　ものを　ひとつ　えらんで　ください。

第 1 題 模擬試題

1　自分の家
2　会社の近くのえき
3　レストラン
4　おかし屋

...答　え...
1　2　3　4

第 2 題 模擬試題

1　30分
2　１時間
3　１時間半
4　２時間

...答　え...
1　2　3　4

第 3 題 模擬試題

1　861—3201
2　861—3204
3　861—3202
4　861—3402

…答　え…
1　2　3　4

第 4 題 模擬試題

1　本屋
2　ぶんきゅうどう
3　くつ屋
4　きっさてん

…答　え…
1　2　3　4

問題 2 第 ① 題 答案跟解說

会社で、女の人と男の人が話しています。男の人は、会社を出てから、初めにどこへ行きますか。

F：もう帰るのですか。今日は早いですね。何かあるのですか。

M：父の誕生日なのです。これから会社の近くの駅で家族と会って、それからレストランに行って、みんなで夕飯を食べます。

F：おめでとうございます。お父さんはいくつになったのですか。

M：80 歳になりました。F：何かプレゼントもしますか。

M：はい、おいしいお菓子が買ってあります。

男の人は、会社を出てから、初めにどこへ行きますか。

【譯】女士和男士正在公司裡交談。男士離開公司之後，會先去哪裡呢？

F：您要回去了嗎？今天下班滿早的哦。有什麼活動嗎？

M：今天是我爸爸的生日。我等一下要去公司附近的車站和家人會合，然後去餐廳和大家一起吃晚餐。

F：那真是恭喜了！請問令尊今年貴庚呢？

M：滿八十歲了。

F：您也會送什麼禮物嗎？

M：有，我買了好吃的糕餅。

男士離開公司之後，會先去哪裡呢？

【選項中譯】 1 自己的家　2 公司附近的車站　3 餐廳　4 糕餅店

問題 2 第 ② 題 答案跟解說

大学の食堂で、女の学生と男の学生が話しています。男の学生は、毎日、何時間ぐらいパソコンを使っていますか。

F：町田さんは、いつも、何時間ぐらいパソコンを使っていますか。

M：そうですね。朝、まず、メールを見たり書いたりするのに 30 分。夕飯のあと、好きなブログを見たり、インターネットでいろいろと調べたりするのに 1 時間半ぐらいです。

F：へえ。毎日ずいぶんパソコンを使っているのですね。

男の学生は、毎日、何時間ぐらいパソコンを使っていますか。

【譯】女學生和男學生正在大學的學生餐廳裡交談。請問這位男學生每天使用電腦大約幾小時呢？

F：請問町田同學平時使用電腦大約幾小時呢？

M：讓我想一想…，早上一起床就先花三十分鐘開電子郵件系統收信和回覆，然後是晚飯後瀏覽喜歡的部落格、或是上網查閱各種資料大概一個半小時。

F：是哦？那你每天用電腦的時間還滿久的呢。

請問這位男學生每天使用電腦大約幾小時呢？

【選項中譯】 1 三十分鐘　2 一個小時　3 一個半小時　4 兩個小時

攻略的要點

解題的訣竅

因為男士說「これから会社の近くの駅で家族と会って、それから～」（我等一下要去公司附近的車站和家人會合，然後 ），所以首先去的地方是「会社の近くの駅」（公司附近的車站）。男士的父親生日、去餐廳、買糕餅當作禮物等，都和答案沒有關係。正確答案是 2 。要記住「駅」是專指電車或火車發車和到達的地方。

單字・慣用句及文法的意思

① 出る（離開）
② 早い（早的）
③ 父（爸爸）
④ 夕飯（晚餐）
⑤ おめでとうございます（恭喜）
⑥ お父さん（父親）
⑦ なる（變成）
⑧ 他動詞＋てあります（…著）

攻略的要點

看到這一題的選項的四個時間，馬上默念一下這四個時間的念法。記得！聽懂問題才能精準挑出提問要的答案！考時間的題型，經常不直接說出考試點的時間，必須經過判斷或加減乘除的計算一下喔。
這道題要問的是「男學生每天使用電腦大約幾小時呢？」。男學生回答中共出現了 2 個時間詞，有早上使用的「30分」、晚餐過後使用的「1時間半」，兩個加起來知道一天大約使用兩小時。正確答案是 4 。
「パソコン（個人電腦）」、「メール（郵件）」、「ブログ（部落格）」、「インターネット（網路）」等在生活中已經是不可或缺的單字了，平常就要把它記下來喔。

單字・慣用句及文法的意思

① 大学（大學）
② 食堂（食堂）
③ パソコン（個人電腦）
④ を＋他動詞（表示影響、作用涉及到目的語的動作）
⑤ メール（電子信箱）
⑥ ブログ（部落格）
⑦ インターネット（網路）
⑧ ずいぶん（很，非常）

問題 2 第 3 題 答案跟解說

男の人と女の人が話しています。女の人の郵便番号は何番ですか。

CD 2-3

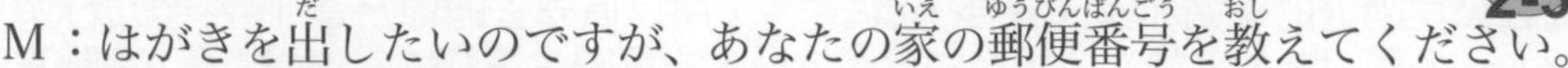

M：はがきを出したいのですが、あなたの家の郵便番号を教えてください。

F：はい。861 の 3204 です。

M：ええと、861 の 3402 ですね？

F：いいえ、3204 です。それから、この前、町の名前が変わったんですよ。

M：それは知っています。東区春野町から春日町に変わったんですよね。

女の人の郵便番号は何番ですか。

【譯】男士和女士正在交談。請問這位女士家的郵遞區號是幾號呢？

M：我想要寄明信片給妳，請告訴我妳家的郵遞區號。

F：好的。861之3204。

M：我抄一下…，是861之3402嗎？

F：不是，是3204。還有，前陣子街道的名稱也改了喔！

M：那件事我曉得。從東區春野町改成了春日町，對吧？

請問這位女士家的郵遞區號是幾號呢？

【選項中譯】 1 861—3201　2 861—3204　3 861—3202　4 861—3402

問題 2 第 4 題 答案跟解說

男の人が女の人に、本屋の場所を聞いています。男の人は、何の角を右に曲がりますか。

M：文久堂という本屋の場所を教えてください。

F：この道をまっすぐ行って、二つ目の角を右にまがります。

M：ああ、靴屋さんの角ですね。

F：そうです。その角を曲がって 10 メートルぐらい行くと喫茶店があります。そのとなりです。

男の人は、何の角を右に曲がりますか。

【譯】男士正在向女士詢問書店的位置。請問這位男士該在哪個巷口轉彎呢？

M：麻煩您告訴我一家叫文久堂的書店在哪裡。

F：沿著這條路直走，在第二個巷口往右轉。

M：喔，是鞋店的那個巷口吧？

F：對。在那個巷口往右轉再走十公尺左右有家咖啡廳，就在它隔壁。

請問這位男士該在哪個巷口轉彎呢？

【選項中譯】 1 書店　2 文久堂　3 鞋店　4 咖啡廳

攻略的要點

解題的訣竅

這是聽解號碼的考題，由於對話中出現了兩組號碼「861 の 3204」跟「861 の 3402」，我們看選項，又大同小異，不管是在聽覺上或視覺上，都很容易一不注意就混淆了。破解方式就是要能一邊聽準電話號碼是「861 の 3204」，並排除干擾部分的「3402」。後面提到的街名變更和解答沒有關係。正確答案是 2 。「861 の 3204」裡的「の」相當於「-」。日語的數字 1 到 10 的數法中，有 3 個字是兩種念法，這 3 個字是「4（よん、し）、7（しち、なな）、9（きゅう、く）」，要多加練習。

單字・慣用句及文法的意思

① 郵便番号（郵遞區號）
② はがき（明信片）
③ あなた（你）
④ 教える（告訴）
⑤ 〔句子〕＋ね（呢，耶）
⑥ それから（接著）
⑦ 町（街道；城鎮）
⑧ 変わる（改變）

攻略的要點

解題的訣竅

這是道測試位置的試題。要問的是「男士該在哪個巷口轉彎呢？」首先，快速瀏覽這四個選項，集中精神往下聽，注意引導目標。女士告訴男士「この道をまっすぐ行って、二つ目の角を右に」（沿著這條路直走，在第二個巷口往右轉），這裡還得不到答案，但接下來知道「二つ目の角」就是「靴屋さんの角」（鞋店的那個巷口）。正確答案是 3 。

另外，日本人除了人以外，也會在店家的後面加個「さん」，例如：「八百屋さん」（蔬果店）「花屋さん」（花店）「魚屋さん」（賣魚或海產的店）等。

單字・慣用句及文法的意思

① 角（轉角）
② 〔通過・移動〕＋を＋自動詞（表示移動或經過某場所）
③ 右（右邊）
④ 曲がる（轉彎）
⑤ 二つ（兩個）
⑥ …目（第…）
⑦ ああ（嗯！是！）
⑧ 隣（隔壁）

第 5 題 模擬試題

1　午後 2 時
2　午後 4 時
3　午後 5 時 30 分
4　帰りません

…答　え…
1　2　3　4

第 6 題 模擬試題

1　自分の部屋のそうじをしました
2　せんたくをしました
3　母と出かけました
4　母にハンカチを返しました

…答　え…
1　2　3　4

第 7 題 模擬試題

CD 2-7

1　トイレットペーパー
2　ティッシュペーパー
3　せっけん
4　何も買ってきませんでした

...答　え...
1　2　3　4

第 8 題 模擬試題

1　0248—98—3025
2　0248—98—3026
3　0248—98—3027
4　0247—98—3026

...答　え...
1　2　3　4

問題 2 第 5 題 答案跟解說

会社で、男の人と女の人が話しています。男の人は、今日、何時に会社に帰りますか。

M：今から、後藤自動車とつばき銀行に行ってきます。

F：会社に帰るのは何時頃ですか。

M：後藤自動車の人と２時に会います。つばき銀行の人と会うのは４時です。話が終わるのは５時半頃でしょう。

F：あ、じゃあ、その後は、まっすぐ家に帰りますか。M:そのつもりです。

男の人は、今日、何時に会社に帰りますか。

【譯】男士和女士正在公司裡交談。請問這位男士今天會在幾點回到公司呢？

M：我現在要去後藤汽車和茶花銀行。

F：請問您大約幾點會回到公司呢？

M：我和後藤汽車的人約兩點見面，和茶花銀行的人約四點見面，談完的時間大概是五點半左右吧。

F：啊，那麼之後您會直接回家嗎？

M：我的確打算直接回家。

請問這位男士今天會在幾點回到公司呢？

【選項中譯】 1 下午兩點　2 下午四點　3 下午五點半　4 不回公司

問題 2 第 6 題 答案跟解說

男の人と女の人が話しています。女の人は、昨日、何をしましたか。

M：昨日の日曜日は、何をしましたか。

F：いつも、日曜日は、自分の部屋のそうじをしたり、洗濯をしたりするのですが、昨日は母とデパートに行きました。

M：そうですか。何か買いましたか。

F：いいえ、何も買いませんでした。あ、ハンカチを１枚だけ買いました。

女の人は、昨日、何をしましたか。

【譯】男士和女士正在交談。請問這位女士昨天做了哪些事呢？

M：昨天的星期天，妳做了哪些事呢？

F：我平常星期天會打掃打掃自己的房間、洗洗衣服，不過昨天和媽媽去了百貨公司。

M：這樣喔。買了什麼東西嗎？

F：沒有，什麼也沒買。…啊，只買了一條手帕。

請問這位女士昨天做了哪些事呢？

【選項中譯】 1 打掃了自己的房間　2 洗了衣服　3 和媽媽出門了　4 把手帕還給了媽媽

攻略的要點

解題的訣竅

男士回答中出現了3個時間詞，有「2時」、「4時」、「5時半」。這都是干擾項。從女士問說「まっすぐ家に帰りますか」（你會直接回家嗎），男士回答「そのつもりです」（我打算直接回家），知道外出洽公之後，男士不會回公司，而是直接回家。正確答案是4。

單字・慣用句及文法的意思

① 会社（公司）
② 今日（今天）
③ 自動車（汽車）
④ 銀行（銀行）
⑤ 会う（見面）
⑥ 話（談話）
⑦ でしょう（…吧）
⑧ じゃあ（那麼）

攻略的要點

解題的訣竅

「女士昨天做了哪些事呢？」這類題型談論的事情會比較多，干擾選項多，屬於略聽，可以不需要每個字都聽懂，重點在抓住談話的主題，或是整體的談話方向。
相同地，這道題也談論了許多的事情。首先是「そうじをしたり」跟「洗濯をしたり」，但這都被「昨日」前面的「が」給否定了。「が」表示連接兩個對立的事物，前句跟後句內容相對立的，相當於「但是」。接下來又繼續說「昨日は母とデパートに行きました」（昨天和媽媽去了百貨公司）。由於「デパートに行く」（去百貨公司）相當於「出かける」（出門）的意思。正確答案是3。後面的對話，又提到買了手帕，不過選項裡沒有提到這個事情。

單字・慣用句及文法的意思

① 自分（自己）
② 掃除（打掃）
③ 動詞たり動詞たりします（又是…又是…）
④ 洗濯（洗滌）
⑤ 母（媽媽）
⑥ デパート（百貨公司）
⑦ ハンカチ（手帕）
⑧ 枚（…條，張）

問題 2 第 7 題 答案跟解說

男の人と女の人が話しています。男の人は、何を買ってきましたか。

M：ただいま。

F：買い物、ありがとう。トイレットペーパーは？

M：はい、これです。

F：これはティッシュペーパーでしょう。いるのはトイレットペーパーですよ。それから、せっけんは？

M：あ、わすれました。

男の人は、何を買ってきましたか。

【譯】男士和女士正在交談。請問這位男士買了什麼東西回來呢？

M：我回來了。

F：謝謝你幫忙買東西回來。廁用衛生紙呢？

M：來，在這裡。

F：這是面紙吧？我要的是廁用衛生紙哦。還有，肥皂呢？

M：啊，我忘了。

請問這位男士買了什麼東西回來呢？

【選項中譯】 1 廁用衛生紙　2 面紙　3 肥皂　4 什麼都沒買

問題 2 第 8 題 答案跟解說

男の人と女の人が話しています。大山商会の電話番号は何番ですか。

M：大山商会の電話番号を教えてくれますか。

F：ええと、大山商会ですね。0247 の 98 の 3026 です。

M：0247 ？それは隣の市だから、違うのではありませんか。

F：あ、ごめんなさい、0247 は一つ上に書いてある番号でした。大山商会は、0248 の 98 の 3026 です。

M：わかりました。ありがとうございます。

大山商会の電話番号は何番ですか。

【譯】男士和女士正在交談。請問大山商會的電話號碼是幾號呢？

M：可以告訴我大山商會的電話號碼嗎？

F：我查一下，是大山商會吧？0247－98－3026。

M：0247？那是隔壁市的區域號碼，會不會弄錯了？

F：啊！對不起！0247是寫在上一則的電話號碼。大山商會是0248－98－3026。

M：好，謝謝妳。

請問大山商會的電話號碼是幾號呢？

【選項中譯】 1 0248－98－3025　2 0248－98－3026　3 0248－98－3027　4 0247－98－3026

攻略的要點

解題的訣竅

男士買來了之後說「はい、これです」（來，在這裡），接著女士說「これはティッシュペーパーでしょう」（這是面紙吧），原來男士買的是面紙。正確答案是 2 。

「ただいま」（我回來了）是回家時的問候語，用在回家時對家裡的人說的話。也可以用在上班時間，有事外出後回公司時，對自己公司的人說的話。

單字・慣用句及文法的意思

① ただいま（我回來了）
② トイレットペーパー（廁用衛生紙）
③ これ（這個）
④ ティッシュペーパー（面紙）
⑤ いる（需要）
⑥ 〔句子〕＋よ（…哦）
⑦ せっけん（肥皂）
⑧ 忘（わす）れる（忘記）

攻略的要點

解題的訣竅

這也是一道聽解號碼的考題。看到四個選項，馬上判斷不同點在「0248」跟「0247」，還有最後一個數字。

對話中首先出現了第一組號碼「0247 の 98 の 3026」，但是馬上被女士給否定了。兩人針對「0247」都又重複說了一次，但「0247」是錯的。最後說出的一組數字「0248 の 98 の 3026」才是正確的。正確答案是 2 。

單字・慣用句及文法的意思

① 名詞＋と＋名詞（…和…）
② 番号（ばんごう）（號碼）
③ くれる（給〔我〕；〔為我方〕做）
④ ええと（嗯…〔思考時的發語詞〕）
⑤ 市（市；城市）
⑥ ごめんなさい（抱歉）
⑦ 書（か）く（書寫）
⑧ ありがとうございます（謝謝）

第 9 題 模擬試題

1　5人
2　7人
3　8人
4　9人

...答　え...
1　2　3　4

第 10 題 模擬試題

1　こうえん
2　こどものへや
3　がっこう
4　デパート

...答　え...
1　2　3　4

第 11 題 模擬試題

CD 2-11

1　34 ページ全部と 35 ページ全部
2　34 ページの 1・2 番と 35 ページの 1 番
3　34 ページの 3 番と 35 ページの 2 番
4　34 ページの 2 番と 35 ページの 3 番

...答　え...
1　2　3　4

第 12 題 模擬試題

1　1 時間
2　1 時間 30 分
3　2 時間
4　3 時間

...答　え...
1　2　3　4

問題 2 第 9 題 答案跟解說

女の学生と男の学生が話しています。男の学生は、何人の家族で暮らしていますか。

F：渡辺さんは、下に弟さんか妹さんがいるのですか。

M：弟は二人いますが、妹はいません。しかし、姉が二人います。

F：ごきょうだいとご両親で、暮らしているのですか。

M：いえ、それに祖母も一緒です。

F：ご家族が多いんですね。

男の学生は、何人の家族で暮らしていますか。

【譯】女學生和男學生正在交談。請問這位男學生家裡有多少人住在一起呢？

F：渡邊同學，你下面還有弟弟或妹妹嗎？

M：我有兩個弟弟，但是沒有妹妹；不過，有兩個姊姊。

F：你和姊姊弟弟以及爸媽住在一起嗎？

M：不只這樣，還有奶奶也住在一起。

F：你家裡人好多呀！

請問這位男學生家裡有多少人住在一起呢？

【選項中譯】 1 五個人　2 七個人　3 八個人　4 九個人

問題 2 第 10 題 答案跟解說

CD 2-10

男の人と女の人が公園で話しています。子どもは、今、どこにいるのですか。

M：こんにちは。今日はお子さんと一緒に公園を散歩しないのですか。

F：子どもは、明日、学校でテストがあるので、自分の部屋で勉強しています。

M：そうですか。何のテストですか。

F：漢字のテストです。明日の午後は一緒に公園に来ますよ。

子どもは、今、どこにいるのですか。

【譯】男士和女士正在公園裡交談。請問孩子現在在哪裡呢？

M：妳好！今天沒有和孩子一起來公園散步嗎？

F：孩子明天學校有考試，正在自己房間裡用功。

M：這樣啊。考什麼科目呢？

F：漢字測驗。我明天下午會帶他一起來公園喔！

請問孩子現在在哪裡呢？

【選項中譯】 1 公園　2 孩子的房間　3 學校　4 百貨公司

攻略的要點

解題的訣竅

這一道題要問的是「男學生家裡有多少人住在一起呢？」記得腦中一定要緊記住這個大方向，邊聽邊記關鍵處。這題對話先說出「弟は二人います」（有兩個弟弟），後來又補充「姉が二人います」（有兩個姊姊），接下來被問到「你和姊姊弟弟以及爸媽住在一起嗎？」，男學生這裡的回答很關鍵喔，「いえ、それに祖母も一緒です」（不，還有奶奶也住在一起）。要能判斷出「いえ」後面有「それにも」所以「いえ」表示的是「不只是這樣」，就能夠得出答案是3，渡邊本人和弟弟兩人、姐姐兩人、父、母、祖母，加起來共八個人。

單字・慣用句及文法的意思

① 人[にん]（…人）
② 弟[おとうと]（弟弟）
③ は～が、～は～（…，但）
④ 妹[いもうと]（妹妹）
⑤ 姉[あね]（姊姊）
⑥ ご（表示尊敬）
⑦ きょうだい（兄弟姊妹）
⑧ 両親[りょうしん]（雙親）

攻略的要點

這一道題要問的是「孩子現在在哪裡呢？」從對話中女士提到「自分の部屋で勉強しています」（正在自己的房間用功），知道孩子現在在房間裡。而為什麼不到公園來、明天有什麼測驗等話題，和答案沒有關係。正確答案是2。

「ので」（因為）表示客觀地敘述前後兩項事的因果關係，前句是原因，後句是因此而發生的事。

單字・慣用句及文法的意思

① 名詞＋の＋名詞（…的…）
② 公園[こうえん]（公園）
③ こんにちは（你好、午安〔白天下午用〕）
④ 散歩[さんぽ]（散步）
⑤ 学校[がっこう]（學校）
⑥ テスト（測驗）
⑦ 勉強[べんきょう]（學習，讀書）
⑧ 漢字[かんじ]（漢字）

問題 2 第 ⑪ 題 答案跟解說

教室で先生が話しています。明日学校でやる練習問題は、何ページの何番ですか。

M：今日は 33 ページの問題まで終わりましたね。あとの練習問題は宿題にします。

F：えーっ、次の 2 ページは全部練習問題ですが、この 2 ページ全部宿題ですか。

M：うーん、ちょっと多いですね。では、34 ページの 1・2 番と、35 ページの 1 番だけにしましょう。

F：34 ページの 3 番と、35 ページの 2 番は、しなくていいのですね。

M：はい。それは、また明日、学校でやりましょう。

明日学校でやる練習問題は、何ページの何番ですか。

【譯】老師正在教室裡說話。請問明天要在學校做的練習題是第幾頁的第幾題呢？

M：今天已經做到第三十三頁的問題了吧。剩下的練習題當作回家功課。

F：不要吧——！接下來兩頁都是練習題，這兩頁全部都是回家功課嗎？

M：嗯，好像有點多哦。那麼，只做第三十四頁的第一、二題，還有第三十五頁的第一題吧。

F：那第三十四頁的第三題，還有第三十五頁的第二題不用寫嗎？

M：對，那幾題留到明天來學校寫吧！

請問明天要在學校做的練習題是第幾頁的第幾題呢？

【選項中譯】 1 第三十四頁的全部和第三十五頁的全部　2 第三十四頁的第一、二題和第三十五頁的第一題　3 第三十四頁的第三題和第三十五頁的第二題　4 第三十四頁的第二題和第三十五頁的第三題

問題 2 第 ⑫ 題 答案跟解說

女の学生と男の学生が話しています。男の学生は、1 日に何時間ぐらいゲームをやりますか。

F：1 日に何時間ぐらいゲームをやりますか。

M：朝、起きてから 30 分、朝ごはんを食べてから、学校に行く前に 30 分。それから……。F：学校では、ゲームはできませんよね。

M：はい。だから、学校から帰って 30 分で宿題をやって、夕飯まで、また、ゲームをやります。F：帰ってからも？どれぐらいですか。

M：6 時半ごろ夕飯を食べるから、2 時間ぐらいです。

男の学生は、1 日に何時間ぐらいゲームをやりますか。

【譯】女學生和男學生正在交談。請問這位男學生一天玩電動遊戲大約幾小時呢？

F：你一天大約玩電動遊戲幾小時呢？

M：早上起床後三十分鐘、吃完早飯後上學前再三十分鐘，還有…。

F：在學校不能玩電動遊戲吧？

M：對，所以放學回家後寫功課三十分鐘，然後在吃晚飯之前再玩一下。

F：放學回家後也會玩？大概玩多久呢？

M：六點半左右吃晚飯，所以大概兩個小時。

請問這位男學生一天玩電動遊戲大約幾小時呢？

【選項中譯】 1 一個小時　2 一個半小時　3 兩個小時　4 三個小時

攻略的要點

解題的訣竅

這一題是屬於數字的題型，這類題型的特點是出現多個數量詞，複雜度高，大部分需要每個詞，每句話都聽懂，才能選出正確答案。
作業是「34ページの１・２番と、35ページの１番」（第三十四頁的第一、二題跟第三十五頁的第一題），另外的「34ページの３番と、35ページの２番」（第三十四頁的第三題跟第三十五頁的第二題）明天在學校做。正確答案是３。

單字・慣用句及文法的意思

① 練習[れんしゅう]（練習）
② 問題[もんだい]（問題）
③ ページ（…頁）
④ 名詞に＋します（使…成為；決定要…）
⑤ 次[つぎ]（下一個）
⑥ うーん（嗯…，這個…）
⑦ 多[おお]い（多的）
⑧ はい（是）

攻略的要點

解題的訣竅

這道題要問的是「男學生一天玩電動遊戲大約幾小時呢？」。請集中精神聽準「玩電動遊戲」的時間。男學生回答中出現了４個時間詞，有三次「30分」跟一次「２時間」。其中第三次的「30分」是干擾項，不是「玩電動遊戲」而是「寫功課」的時間。這樣就要馬上把二次的「30分」跟一次的「２時間」加起來，「朝、起きてから（三十分鐘）」＋「学校に行く前に（三十分鐘）」＋「学校から帰って～夕飯まで（２時間）」，共計三小時。正確答案是４。

單字・慣用句及文法的意思

① 学生[がくせい]（學生）
② 日[にち/か]（天，日）
③ 時間[じかん]（小時）
④ ゲーム（〔電動〕遊戲）
⑤ 起[お]きる（起床）
⑥ 朝[あさ]ご飯[はん]（早餐）
⑦ だから（所以…）
⑧ どのぐらい、どれぐらい（多少，多久）

第 13 題 模擬試題

1　5人
2　7人
3　9人
4　10人

...答　え...
1　2　3　4

第 14 題 模擬試題

1　ボールペン
2　万年筆
3　切手
4　ふうとう

...答　え...
1　2　3　4

第 15 題 模擬試題

1　5 キロメートル
2　10 キロメートル
3　15 キロメートル
4　20 キロメートル

...答　え...
1 2 3 4

第 16 題 模擬試題

1　1 年前
2　2 年前
3　3 年前
4　4 年前

...答　え...
1 2 3 4

問題 2 第 ⑬ 題 答案跟解說

CD 2-13

男の人と女の人が話しています。明日のハイキングに行く人は何人ですか。

F：明日のハイキングには、誰と誰が行くんですか。

M：君と、僕。それから、僕の友だちが3人行きたいと言っていました。その中の二人は、奥さんもいっしょに来ます。

F：そうですか。私の友だちも二人来ます。

M：それは、楽しみですね。

明日のハイキングに行く人は何人ですか。

【譯】男士和女士正在交談。請問明天要去健行的有幾個人呢？

F：明天的健行，有誰和誰要去呢？

M：你和我，還有我有三個朋友說過想去，其中兩人的太太也一起來。

F：這樣呀。我的朋友也有兩個要來。

M：那真是令人太期待啦！

請問明天要去健行的有幾個人呢？

【選項中譯】 1 五個人　2 七個人　3 九個人　4 十個人

問題 2 第 ⑭ 題 答案跟解說

2-14

女の人と男の人が話しています。男の人はこれから何を買いますか。

F：何をさがしているのですか。

M：手紙を書きたいんです。ボールペンはどこでしょう。

F：手紙は万年筆で書いたほうがいいですよ。

M：そうですね。じゃあ、万年筆で書きます。書いてから、郵便局に行きます。

F：ポストなら、すぐそこにありますよ。

M：いえ、切手を買いたいんです。

男の人はこれから何を買いますか。

【譯】女士和男士正在交談。請問這位男士接下來會買什麼呢？

F：請問您在找什麼東西？

M：我想要寫信。請問原子筆擺在哪裡呢？

F：寫信的話用鋼筆比較好喔。

M：也對，那麼就用鋼筆寫。寫完以後，就去郵局。

F：如果要找郵筒，附近就有喔！

M：不是，我想要買郵票。

請問這位男士接下來會買什麼呢？

【選項中譯】 1 原子筆　2 鋼筆　3 郵票　4 信封

攻略的要點

解題的訣竅

這一道題要問的是「要去健行的有幾個人呢？」有了這個大方向，接下就邊聽邊記關鍵處囉！這題對話男士先說出「君と、僕」（你跟我），後來又補充「僕の友だちが３人」（我有三個朋友）也要參加，繼續說的這句是關鍵喔！「その中の二人は、奥さんもいっしょに来ます」（其中兩人的太太也一起來），這裡又追加的是兩個人。最後女士也說「我的朋友也有兩個要來」，這樣算起來就是：女士、男士、男士朋友三個人、男士朋友的太太兩個人、女士的朋友兩人，所以合起來是九個人。正確答案是３。

單字・慣用句及文法的意思

① ハイキング（郊遊，健行）
② 行く（去）
③ 動詞＋名詞（…的…）
④ 誰（誰）
⑤ 君（你）
⑥ それから（接著）
⑦ 来る（來）
⑧ 楽しみ（期待）

攻略的要點

這一道題要問的是「男士接下來會買什麼呢？」從對話中知道和買東西有關的話題，除了郵票之外沒有其他。至於要用原子筆還是用鋼筆寫信，和答案並沒有關係。正確答案是３。

單字・慣用句及文法的意思

① 探す（尋找）
② 手紙（信件）
③ ボールペン（原子筆）
④ 郵便局（郵局）
⑤ ポスト（郵筒）
⑥ そこ（附近；那裡）
⑦ 〔場所〕＋に（在…）
⑧ 切手（郵票）

問題 2 第 15 題 答案跟解說

会社で、女の人と男の人が話しています。男の人は、1週間に何キロメートル走っていますか。

F：竹内さんは、毎日走っているんですか。

M：1週間に3回走ります。1回に5キロメートルずつです。

F：いつ走っているんですか。

M：朝です。だけど、土曜日は夕方です。

男の人は、1週間に何キロメートル走っていますか。

【譯】女士和男士正在公司裡交談。請問這位男士一星期都跑幾公里呢？

F：竹內先生每天都跑步嗎？

M：一星期跑三次，每次跑五公里。

F：您都在什麼時候跑步呢？

M：早上。不過星期六是在傍晚。

請問這位男士一星期都跑幾公里呢？

【選項中譯】 1 五公里　2 十公里　3 十五公里　4 二十公里

問題 2 第 16 題 答案跟解說

女の人と男の人が話しています。男の人が結婚したのは何年前ですか。

F：木村さんは何歳のときに結婚したんですか。

M：27歳で結婚しました。

F：へえ、そうなんですか。ところで、今、何歳ですか。

M：30歳です。

F：奥さんは何歳だったのですか。M：25歳でした。

男の人が結婚したのは何年前ですか。

【譯】女士和男士正在交談。請問這位男士是幾年前結婚的呢？

F：請問木村先生是幾歲的時候結婚的呢？

M：我是二十七歲結婚的。

F：是哦，是二十七歲喔。那麼，您現在幾歲呢？

M：三十歲。

F：那時候太太幾歲呢？

M：那時是二十五歲。

請問這位男士是幾年前結婚的呢？

【選項中譯】 1 一年前　2 兩年前　3 三年前　4 四年前

攻略的要點

解題的訣竅

這道題要問的是「男士一星期都跑幾公里呢？」問的是「一星期」要緊記這個大方向喔！雖然對話中男士說「１週間に３回走ります。１回に５キロメートルずつです」（一星期跑三次，一次各跑五公里），但沒有直接說出答案，必須要「３×５」一下，所以一個星期內合計跑十五公里。正確答案是３。

單字・慣用句及文法的意思

① 週間（星期）
② キロメートル（公里）
③ 走る（跑步）
④〔動詞＋ています〕（習慣性）（習慣…）
⑤ 回（次）
⑥ ずつ（各）
⑦ いつ（什麼時候）
⑧ 土曜日（星期六）

攻略的要點

這道題要問的是「男士是幾年前結婚的呢？」結合男士說的「27歳で結婚しました」（我是二十七歲結婚的），跟現在的年齡是「30歳」，知道二十七歲結婚，現在是三十歲，所以是在三年前結婚的。正確答案是３。

單字・慣用句及文法的意思

① 女（女性）
② 男（男性）
③ 結婚（結婚）
④ 年（年）
⑤ 前（前）
⑥ 歳（歲）
⑦ ～とき（…的時候）
⑧ 奥さん（夫人）

第 17 題 模擬試題

1　ながさわさん
2　一人で出かけます
3　かとうさん
4　しゃちょう

...答　え...
1 2 3 4

第 18 題 模擬試題

1　本屋のそばのきっさてん
2　まるみやしょくどう
3　大学のしょくどう
4　大学のきっさてん

...答　え...
1 2 3 4

第 19 題 模擬試題

1　しゅくだいをしました
2　海でおよぎました
3　海のしゃしんをとりました
4　海の近くのしょくどうでさかなを食べました

...答 え...
1 2 3 4

第 20 題 模擬試題

...答 え...
1 2 3 4

問題 2 第 19 題 答案跟解說

女の人と男の人が話しています。男の人は、昨日の午前中、何をしましたか。

F：昨日は何をしましたか。 M：宿題をしました。

F：一日中、宿題をしていたのですか。

M：いいえ、午後は海に行きました。

F：えっ、今は 12 月ですよ。海で泳いだのですか。

M：いえ、海の写真を撮りに行ったのです。F：いい写真が撮れましたか。

M：だめでしたので、海のそばの食堂で、おいしい魚を食べて帰りましたよ。

男の人は、昨日の午前中、何をしましたか。

【譯】女士和男士正在交談。請問這位男士昨天上午做了什麼事呢？

F：你昨天做了什麼？

M：寫了作業。

F：一整天都在寫作業嗎？

M：不是，下午去了海邊。

F：嗄？現在是十二月耶！你到海邊游泳嗎？

M：不是，是去拍海的照片。

F：拍到滿意的照片了嗎？

M：沒辦法。所以只好到海邊附近的小餐館吃了好吃的魚就回家了。

請問這位男士昨天上午做了什麼事呢？

【選項中譯】 1 寫了作業　2 在海邊游了泳　3 拍了海的照片　4 在海邊附近的小餐館吃了魚

問題 2 第 20 題 答案跟解說

女の人が、男の人に話しています。女の人のねこはどれですか。

F：私のねこがいなくなったのですが、知りませんか。

M：どんなねこですか。

F：まだ子どもなので、あまり大きくありません。

M：どんな色ですか。

F：右の耳と右の足が黒くて、ほかは白いねこです。

女の人のねこはどれですか。

【譯】女士和男士正在交談。請問這位女士的貓是哪一隻呢？

F：我的貓不見了！您有沒有看到呢？

M：那隻貓長什麼樣子呢？

F：還是一隻小貓，體型不太大。

M：什麼顏色呢？

F：小貓的右耳和右腳是黑的、其他部位是白色。

請問這位女士的貓是哪一隻呢？

對話一開始就說昨天「宿題をしました」（寫了作業），不過從接下來的對話知道，並不是一整天都在寫作業，下午還去了海邊。所以寫作業是上午的事。在對話當中，雖然談到下午去海邊的內容比較多，不過問題問的是昨天上午做的事情，知道正確答案是 1 。

單字・慣用句及文法的意思

① 昨日（きのう）（昨天）

② 月（がつ）（…月）

③ 泳（およ）ぐ（游泳）

④ 写真（しゃしん）（照片）

⑤ 撮（と）る（拍〔照〕）

⑥ 〔目的〕＋に（為了…）

⑦ いい（好的）

⑧ だめ（不行，無法）

請用刪去法找出正確答案。首先掌握設問「女士的貓是哪一隻呢？」這一大方向。一開始知道女士的貓是「あまり大きくありません」（體型不太大），馬上刪去 2 和 3 ，接下來男士問什麼顏色的，女士說「右の耳と右の足が黒くて、ほかは白いねこです」（小貓的右耳和右腳是黑的，其他部位是白的），知道正確解答是 1 了。

單字・慣用句及文法的意思

① 子（こ）ども（小孩）

② あまり（〔不〕太 ）

③ 大（おお）きい（大的）

④ 耳（みみ）（耳朵）

⑤ 足（あし）（腳）

⑥ 黒（くろ）い（黑的）

⑦ 形容詞くて（表示屬性的並列〔後面接形容詞或形容動詞〕）

⑧ 白（しろ）い（白的）

第 21 題 模擬試題

1　およぐのがすきだから
2　さかながおいしいから
3　すずしいから
4　いろいろなはながさいているから

...答　え...
1 2 3 4

第 22 題 模擬試題

...答　え...
1 2 3 4

第23題 模擬試題

1　まいにち
2　かようびのごご
3　しごとがおわったあと
4　ときどき

...答　え...
1 2 3 4

第24題 模擬試題

1　せんたくをしました
2　へやのそうじをしました
3　きっさてんにいきました
4　かいものをしました

...答　え...
1 2 3 4

問題 2 第 21 題 答案跟解說

CD 2-21

女の人と男の人が話しています。男の人はどうして海が好きなのですか。

F：今年の夏、山と海と、どちらに行きたいですか。

M：海です。F：なぜ海に行きたいのですか。泳ぐのですか。

M：いえ、泳ぐのではありません。おいしい魚が食べたいからです。

F：そうですか。私は山に行きたいです。山は涼しいですよ。それから、山にはいろいろな花がさいています。

男の人はどうして海が好きなのですか。

【譯】女士和男士正在交談。請問這位男士為什麼喜歡海呢？

F：今年夏天，你想要到山上還是海邊去玩呢？

M：海邊。

F：為什麼要去海邊呢？去游泳嗎？

M：不，不是去游泳，而是我想吃美味的鮮魚。

F：原來是這樣哦。我想要去山上。山裡很涼爽喔！還有，山上開著各式各樣的花。

請問這位男士為什麼喜歡海呢？

【選項中譯】 1 因為他喜歡游泳　2 因為魚很美味
3 因為很涼爽　4 因為開著各式各樣的花

問題 2 第 22 題 答案跟解說

CD 2-22

男の人と女の人が話しています。男の人のお兄さんはどの人ですか。

M：私の兄が友だちと写っている写真です。

F：どの人がお兄さんですか。

M：白いシャツを着ている人です。

F：眼鏡をかけている人ですか。

M：いいえ、眼鏡はかけていません。本を持っています。兄はとても本が好きなのです。

男の人のお兄さんはどの人ですか。

【譯】男士和女士正在交談。請問這位男士的哥哥是哪一位呢？

M：這是我哥哥和朋友合拍的相片。

F：請問哪一位是你哥哥呢？

M：穿著白襯衫的那個人。

F：是這位戴眼鏡的人嗎？

M：不是，他沒戴眼鏡，而是拿著書。因為我哥哥非常喜歡看書。

請問這位男士的哥哥是哪一位呢？

攻略的要點

這是因果型試題，這類題型通常會提到多種原因，迷惑性高，而且選項干擾性也強。

這道題要問的是「男士為什麼喜歡海？」。這是道多項原因的試題，對話中談及了幾個，有女士提問的「去游泳嗎？」，跟女士喜歡山的理由「山裡很涼爽」跟「山上開著各式各樣的花」，為這道題設下了干擾。其實，在對話的中段男士就直接說出原因「おいしい魚が食べたいから」（想吃美味的鮮魚）。正確答案是 2 。

「どうして」（為什麼）是詢問理由的疑問詞，相當於「なぜ」。口語常用「なんで」。「から」（因為）表示原因。一般用在說話人出於個人主觀理由，進行請求、命令及推測。是比較強烈的表達。

單字・慣用句及文法的意思

① どうして（為什麼）
② 今年（今年）
③ 山（山）
④ 海（海邊）
⑤ なぜ（為何）
⑥ には、へは、とは（「は」有特別提出格助詞前面的名詞的作用）
⑦ 花（花）
⑧ 咲く（〔花〕開）

攻略的要點

看到這張圖，馬上反應是跟人物有關的，然後腦中馬上出現「眼鏡をかける、かばん、本」等單字，甚至其它可以看到的外表描述等等，然後瞬間區別他們的不同。

這道題要問的是「男士的哥哥是哪一位呢？」，抓住這個大方向。首先一聽到「白いシャツを着ている人」（穿著白襯衫的那個人），馬上刪去 3 和 4 的男士，最後剩下 1 跟 2 ，要馬上區別出他們的不同就在有無背包包，還有手上有無拿書了。最後的關鍵在男士說的「眼鏡はかけていません。本を持っています」（沒有戴眼鏡，拿著書），知道答案是 1 。

單字・慣用句及文法的意思

① お兄さん（哥哥）
② どの（哪個）
③ 兄（哥哥）
④ 写る（拍攝）
⑤ 眼鏡（眼鏡）
⑥ （眼鏡を）かける（戴〔眼鏡〕）
⑦ 本（書）
⑧ が〔對象〕（表示好惡、需要及想要得到的對象）

問題２ 第 23 題 答案跟解說

男の人と女の人が話しています。女の人は、いつ、ギターの教室に行きますか。

M：おや、ギターを持って、どこへ行くのですか。

F：ギターの教室です。３年前からギターを習っています。

M：毎日、教室に行くのですか。

F：いいえ。火曜日の午後だけです。

M：家でも練習しますか。

F：仕事が終わったあと、家でときどき練習します。

女の人は、いつ、ギターの教室に行きますか。

【譯】男士和女士正在交談。請問這位女士什麼時候會去吉他教室呢？

M：咦？妳拿著吉他要去哪裡呢？

F：吉他教室。我從三年前開始學彈吉他。

M：每天都去教室上課嗎？

F：沒有，只有星期二下午而已。

M：在家裡也會練習嗎？

F：下班以後回到家裡有時會練習。

請問這位女士什麼時候會去吉他教室呢？

【選項中譯】 1 每天　2 星期二下午　3 工作結束後　4 有時候

問題２ 第 24 題 答案跟解說

男の人と女の人が話しています。女の人は、日曜日の午後、何をしましたか。

M：日曜日は、何をしましたか。

F：雨が降ったので、洗濯はしませんでした。午前中、部屋の掃除をして、午後は出かけました。M：へえ、どこに行ったのですか。

F：家の近くの喫茶店で、コーヒーを飲みながら音楽を聞きました。

M：買い物には行きませんでしたか。

F：行きませんでした。

女の人は、日曜日の午後、何をしましたか。

【譯】男士和女士正在交談。請問這位女士在星期天的下午做了什麼事呢？

M：你星期天做了什麼呢？

F：因為下了雨，所以沒洗衣服。我上午打掃房間，下午出門了。

M：是哦？妳去哪裡了？

F：到家附近的咖啡廳，一邊喝咖啡一邊聽音樂。

M：沒去買東西嗎？

F：沒去買東西。

請問這位女士在星期天的下午做了什麼事呢？

【選項中譯】 1 洗了衣服　2 打掃了房間　3 去了咖啡廳　4 買了東西

攻略的要點

這道題問的是「女士什麼時候會去吉他教室呢？」。記得！一開始要抓住提問的大方向，然後認真、集中注意力往下聽。首先是女士提出的「毎日」（每天），但馬上被男士的「いいえ」（沒有）給否定了，馬上除去「毎日」。男士緊接著說「火曜日の午後だけです」（只有星期二下午而已），答案就在這裡了。最後一句，男士回答的「仕事が終わったあと」（下班以後）跟「ときどき」（有時）都是干擾項，要聽清楚。正確解答是２。

單字・慣用句及文法的意思

① ギター（吉他）
② 教室（教室）
③〔場所・方向〕へ（に）（往…）
④ 習う（學習）
⑤ 火曜日（星期二）
⑥ だけ（只有）
⑦ 終わる（結束）
⑧ ときどき（有時）

攻略的要點

這道題要問的是「女士星期天的下午做了什麼事？」。如前面提到的，問事的題型，對話中會談論許多的事情，來進行干擾，首先是「洗衣服」、「打掃房間」，還有最後的「買東西」，但這都不是星期天下午做的事。因為女士分段先提到「午後は出かけました」（下午出門了），經過男士的詢問「どこに行ったのですか」（你去哪裡了？）女士回說「家の近くの喫茶店」（到家附近的咖啡廳），所以正確解答是３「喫茶店に行きました」（去了咖啡廳）。
有些題型的選項會出得很巧妙，如果不小心，很容易答非所問，要多加小心。

單字・慣用句及文法的意思

① 日曜日（星期天）
② 降る（下〔雨〕）
③ 午前（上午）
④ 午後（下午）
⑤ 動詞ながら（一邊…一邊…）
⑥ 音楽（音樂）
⑦ 買い物（購物）

第 25 題 模擬試題

1 大
2 太
3 犬
4 天

...答 え...
1 2 3 4

第 26 題 模擬試題

1 いやなあめ
2 6月ごろのあめ
3 たくさんふるあめ
4 秋のあめ

...答 え...
1 2 3 4

第 27 題 模擬試題

CD 2-27

1　にぎやかなけっこんしき
2　しずかなけっこんしき
3　がいこくでやるけっこんしき
4　けっこんしきはしたくない

...答　え...
① ② ③ ④

第 28 題 模擬試題

1　くもり
2　ゆき
3　あめ
4　はれ

...答　え...
① ② ③ ④

問題 2 第 25 題 答案跟解說

男の留学生と女の学生が話しています。男の留学生が質問している字はどれですか。M：ゆみこさん、これは「おおきい」という字ですか。

F：いえ、ちがいます。

M：それでは、「ふとい」という字ですか。

F：いいえ。「ふとい」という字は、「おおきい」の中に点がついています。でも、この字は「大きい」の右上に点がついていますね。

M：なんと読みますか。 F：「いぬ」と読みます。

男の留学生が質問している字はどれですか。

【譯】男留學生和女學生正在交談。請問這位男留學生正在詢問的字是哪一個呢？

M：由美子小姐，請問這個字是那個「大」字嗎？

F：不，不對。

M：那麼，是那個「太」字嗎？

F：不是，「太」那個字是「大」的裡面加上一點。不過，這個字是在「大」字的右上方加上一點喔。

M：那這個字怎麼讀呢？

F：讀作「犬」。

請問這位男留學生正在詢問的字是哪一個呢？

【選項中譯】 1大　2太　3犬　4天

問題 2 第 26 題 答案跟解說

男の留学生と日本の女の人が話しています。「つゆ」とは何ですか。

M：今日も雨で、嫌ですね。

F：日本では、6月ごろは雨が多いんです。「つゆ」と言います。

M：雨がたくさん降るのが「つゆ」なんですね。

F：いいえ。秋にも雨がたくさん降りますが、「つゆ」とは言いません。

M：6月ごろ降る雨の名前なんですか。知りませんでした。

「つゆ」とは何ですか。

【譯】男留學生正在和日本女士交談。請問「梅雨」是指什麼呢？

M：今天又下雨了，好討厭哦！

F：日本在六月份經常下雨，這叫作「梅雨」。

M：下很多雨就叫作「梅雨」對吧？

F：不是的。雖然秋天也會下很多雨，但不叫「梅雨」。

M：原來是在六月份下的雨才叫這個名稱喔，我以前都不曉得。

請問「梅雨」是指什麼呢？

【選項中譯】 1討厭的雨　2六月份左右的雨　3下很多的雨　4秋天的雨

解題的訣竅

這一題要問「男留學生正在詢問的是哪一個字呢？」從對話中女士說的「大きい」（大的）的右上方有一點，讀作「いぬ」（犬，狗）的字，那就是 3 的「犬」了。「という」相當於「叫做 」的意思。

單字・慣用句及文法的意思

① 留学生（留學生）
② 質問（問題；問）
③ 太い（粗的）
④ 点（點）
⑤ 自動詞＋ています（…著）
⑥ 右上（右上方）
⑦ 読む（讀作）

解題的訣竅

「6 月ごろは雨が多い」（六月份經常下雨），這就叫做「つゆ」（梅雨）。並非雨下得多就叫「つゆ」，它是六月份因為滯留鋒面徘徊使得陰雨連綿、長時間持續動輒一兩周的下雨而得的名稱。正確答案是 2 。

單字・慣用句及文法的意思

① 日本（日本）
② が（主語）（表示動作、狀況的主語）
③ 言う（說話）
④ たくさん（很多）
⑤ 秋（秋天）
⑥ 名前（名字）
⑦ 知る（知道）

問題 2 第 27 題 答案跟解說

女の人と男の人が話しています。女の人は、どんな結婚式をしたいですか。

F：昨日、姉が結婚しました。M：おめでとうございます。

F：ありがとうございます。M：にぎやかな結婚式でしたか。

F：はい、友だちがおおぜい来て、みんなで歌を歌いました。

M：よかったですね。あなたはどんな結婚式がしたいですか。

F：私は、家族だけの静かな結婚式がしたいです。

M：それもいいですね。私は、どこか外国で結婚式をしたいです。

女の人は、どんな結婚式をしたいですか。

【譯】女士和男士正在交談。請問女士想要舉行什麼樣的婚禮呢？

F：昨天我姊姊結婚了。

M：恭喜！

F：謝謝。

M：婚禮很熱鬧嗎？

F：是的，來了很多朋友，大家一起唱了歌。

M：真是太好了！妳想要什麼樣的婚禮呢？

F：我只想要家人在場觀禮的安靜婚禮。

M：那樣也很不錯喔。我想要到外國找個地方舉行婚禮。

請問這位女士想要舉行什麼樣的婚禮呢？

【選項中譯】 1 熱鬧的婚禮　2 安靜的婚禮　3 到外國舉行的婚禮　4 不想舉行婚禮

問題 2 第 28 題 答案跟解說

女の人と男の人が、電話で話しています。今、男の人がいるところは、どんな天気ですか。 F：寒くなりましたね。

M：そうですね。テレビでは、午前中はくもりで、午後から雪が降ると言っていましたよ。

F：そうなんですか。そちらでは、雪はもう降っていますか。

M：まだ、降っていません。でも、今、雨が降っているので、夜は雪になるでしょう。

今、男の人がいるところは、どんな天気ですか。

【譯】女士和男士正在講電話。請問男士目前所在地的天氣如何呢？

F：天氣變冷了吧？

M：是啊。電視氣象說了，上午是陰天，下午之後會下雪喔。

F：這樣哦。你那邊已經在下雪了嗎？

M：還沒下。不過，現在正在下雨，入夜之後應該會轉為下雪吧。

請問那位男士目前所在地的天氣如何呢？

【選項中譯】 1 陰天　2 下雪天　3 雨天　4 晴天

攻略的要點

解題的訣竅

女士明確的說了「家族だけの静かな結婚式がしたい」（我只想要家人在場觀禮的安靜婚禮）。正確答案是 2。
「おめでとうございます」是向人道賀時，常用的祝賀語。相當於「恭喜！恭喜！」。用在例如「明けましておめでとうございます」（恭喜新年好）、「ご成功おめでとうございます」（祝賀你成功）、「お誕生日おめでとうございます」（祝你生日快樂）、「合格おめでとうございます」（恭喜考上）等，只要是值得慶賀的場合都適用。

單字・慣用句及文法的意思

① 〜は〜です（…是…）
② 結婚式[けっこんしき]（結婚典禮）
③ にぎやか（熱鬧的）
④ おおぜい（衆多，大批）
⑤ 歌[うた]（歌）
⑥ 歌[うた]う（唱歌）
⑦ 静[しず]か（安靜）
⑧ 外国[がいこく]（外國）

攻略的要點

 解題的訣竅

這是道典型的天氣的考題，設問是「男士目前所在地的天氣如何？」。一開始男士根據電視氣象，說「上午是陰天，下午之後會下雪」，後來自己又否定掉，這是干擾項。接下來才是關鍵，男士提到「今、雨が降っている」（現在正在下雨）。雖然後面還說，之後下雪的可能性很高，不過問題問的是「今」（現在）。正確答案是 3。
這是典型的天氣預報方式，內容相當單純，表達也很固定，只要好好記住幾個有限的天氣用語，再配合選項的文字或圖。應該不難克服。

單字・慣用句及文法的意思

① 今[いま]（現在）
② どんな（什麼樣的）
③ 曇[くも]り（陰天）
④ 雪[ゆき]（雪）
⑤ そちら（那裡）
⑥ まだ＋否定（還沒…）
⑦ でも（但是）
⑧ 夜[よる]（晚上）

第 29 題 模擬試題

1 1,500 えん
2 2,500 えん
3 3,000 えん
4 5,500 えん

...答 え...
1 2 3 4

第 30 題 模擬試題

1 バス
2 じてんしゃ
3 あるきます
4 ちかてつ

...答 え...
1 2 3 4

第 31 題 模擬試題

CD 2-31

1　2,200 えん
2　2,300 えん
3　2,500 えん
4　2,800 えん

...答　え...
1　2　3　4

第 32 題 模擬試題

1　くつをはきます
2　スリッパをはきます
3　スリッパをぬぎます
4　くつしたをぬぎます

...答　え...
1　2　3　4

問題 2 第 29 題 答案跟解說

男の人と女の人が話しています。女の人は、ぜんぶでいくら買い物をしましたか。

M：たくさん買い物をしましたね。お酒も買ったのですか。いくらでしたか。 F：1本1,500円です。2本買いました。

M：お酒は高いですね。そのほかに何を買いましたか。

F：パンとハム、それに卵を買いました。パーティーの料理にサンドイッチを作ります。

M：パンとハムと卵でいくらでしたか。 F：2,500円でした。

女の人は、ぜんぶでいくら買い物をしましたか。

【譯】男士和女士正在交談。請問這位女士總共買了多少錢的東西呢？

M：妳買了好多東西哦！還買了酒嗎？多少錢？

F：一瓶一千五百日圓，我買了兩瓶。

M：酒好貴喔！其他還買了什麼呢？

F：麵包和火腿，還買了蛋。派對的餐點我要做三明治。

M：麵包和火腿還有蛋是多少錢呢？

F：兩千五百日圓。

請問這位女士總共買了多少錢的東西呢？

【選項中譯】 1 一千五百日圓　2 兩千五百日圓　3 三千日圓　4 五千五百日圓

問題 2 第 30 題 答案跟解說

女の学生と男の学生が話しています。二人は、今日は何で帰りますか。

F：あ、佐々木さん。いつもこのバスで帰るんですか。

M：いいえ、お金がないから、自転車です。天気が悪いときは、歩きます。

F：今日はどうしたんですか。

M：足が痛いんです。小野さんは、いつも地下鉄ですよね。

F：ええ、でも今日は、電気が止まって地下鉄が走っていないんです。

M：そうですか。

二人は、今日は何で帰りますか。

【譯】女學生和男學生正在交談。請問他們兩人今天要用什麼交通方式回家呢？

F：啊，佐佐木同學！你平常都是搭這條路線的巴士回家嗎？

M：不是，我沒錢，都騎自行車；天氣不好的時候就走路。

F：那今天為什麼會來搭巴士呢？

M：我腳痛。小野同學通常都搭地下鐵吧？

F：是呀。不過今天停電了，地下鐵沒有運行。

M：原來是這樣的喔。

請問他們兩人今天要用什麼交通方式回家呢？

【選項中譯】 1 巴士　2 自行車　3 步行　4 地下鐵

攻略的要點

解題的訣竅

這一題的關鍵在要聽懂酒「1本1,500円です。 2本買いました」（一瓶一千五百日圓，買了兩瓶），跟麵包、火腿和蛋合計為「2,500円でした」（兩千五百日圓）。一瓶一千五百日圓的酒，兩瓶就是三千日圓。其他還有麵包、火腿和蛋合計為兩千五百日圓，所以全部加起來是五千五百日圓。正確答案是 4 。

單字・慣用句及文法的意思

① 〔狀態、情況〕＋で（在…，以…）
② いくら（多少錢）
③ 千（千）
④ 百（百）
⑤ お酒（酒）
⑥ ハム（火腿）
⑦ それに（還有；而且）
⑧ サンドイッチ（三明治）

攻略的要點

解題的訣竅

因為女學生說「いつもこのバスで帰るんですか」（你平常都是搭這條路線的巴士回家嗎？），所以兩人現在應該是在公車裡，或是公車站。雖然兩人平常都是利用其他不同的交通工具上下學，不過今天是搭公車回家。正確答案是 1 。

單字・慣用句及文法的意思

① いつも（總是）
② ない（沒有）
③ 歩く（走路）
④ 地下鉄（地鐵）
⑤ 電気（電，電力）
⑥ 止まる（停止）
⑦ 〔動詞＋て〕（因為…）

問題 2 第 31 題 答案跟解說

女の人と店の男の人が話しています。女の人はかさをいくらで買いましたか。

F：すみません。このかさは、いくらですか。

M：2,500 円です。前は 2,800 円だったのですよ。

F：300 円安くなっているのですね。同じかさで、赤いのはないですか。

M：ないですね。では、もう 200 円安くしますよ。買ってください。

F：じゃあ、そのかさをください。

女の人はかさをいくらで買いましたか。

【譯】女士和男店員正在交談。請問這位女士用多少錢買了傘呢？

F：不好意思，請問這把傘多少錢呢？

M：兩千五百日圓。原本賣兩千八百日圓喔！

F：這樣便宜了三百日圓囉。有沒有和這個同樣款式的紅色的呢？

M：沒有耶。那麼，再便宜兩百日圓給您喔！跟我買吧！

F：那，請給我那把傘。

請問這位女士用多少錢買了傘呢？

【選項中譯】 1 兩千兩百日圓　2 兩千三百日圓　3 兩千五百日圓　4 兩千八百日圓

問題 2 第 32 題 答案跟解說

男の人が、外国から来た友だちに話をしています。たたみのへやに入るときは、どうしますか。

M：家に入るときは、げんかんでくつをぬいでください。

F：くつをぬいで、スリッパをはくのですね。

M：そうです。あ、ここでは、スリッパもぬいでください。

F：えっ、スリッパもぬぐのですか。どうしてですか。

M：たたみのへやでは、スリッパははかないのです。あ、くつしたはそのままでいいですよ。

たたみのへやに入るときは、どうしますか。

【譯】男士正對著從國外來的朋友說話。請問進入鋪有榻榻米的房間時該怎麼做呢？

M：進去家裡的時候，請在玄關處把鞋子脫下來。

F：要脫掉鞋子，換上拖鞋對吧？

M：對。啊，到這裡請把拖鞋也脫掉。

F：什麼？連拖鞋也要脫掉嗎？為什麼呢？

M：在鋪有榻榻米的房間裡是不能穿拖鞋的。啊，襪子不用脫沒有關係。

請問進入鋪有榻榻米的房間時該怎麼做呢？

【選項中譯】 1 要穿鞋子　2 要穿拖鞋　3 要將拖鞋脫掉　4 要將襪子脫掉

攻略的要點

解題的訣竅

這一題要問「女士用了多少錢買了傘呢？」這題的對話先說出現在要賣「2,500円です」（兩千五百日圓）。不過「前は2,800円だったのですよ」（原本賣兩千八百日圓）來進行干擾。後來因為傘不是女士喜歡的顏色，男店員又似乎希望能早點賣掉這把傘，於是又補充「もう200円安くしますよ」（再便宜兩百日圓給您喔），而女士也決定要買那把傘了。要能判斷出「安くします」也就是「算便宜」，就容易得出答案的，兩千五百減兩百，等於花了兩千三百日圓。正確答案是２。

單字・慣用句及文法的意思

① 二（に）（二）
② 五（ご）（五）
③ 八（はち）（八）
④ 三（さん）（三）
⑤ 赤い（あかい）（紅的）
⑥ もう（已經；再）
⑦ ～をください（請給我…）

攻略的要點

解題的訣竅

男士說在玄關要先脫鞋，接著要穿拖鞋，但是進到塌塌米房間時，穿著的那雙拖鞋也要脫掉。不過襪子「そのままでいい」（不用脫沒關係），也就是說，襪子穿著不用脫。正確答案是３。「まま」表示保持原來的樣子，原封不動的意思。

單字・慣用句及文法的意思

① たたみ（榻榻米）
② 玄関（げんかん）（玄關）
③ 脱ぐ（ぬぐ）（脫）
④ 〔動詞＋て〕（時間順序）（表示行為動作依序進行）
⑤ スリッパ（拖鞋）
⑥ はく（穿〔鞋，襪等〕）
⑦ 靴下（くつした）（襪子）
⑧ まま（…著，就…）

第 33 題 模擬試題

1 せんせい
2 さいふ
3 おかね
4 いれもの

...答 え...
1 2 3 4

第 34 題 模擬試題

1 のみものをのみたいです
2 たばこをすいたいです
3 にわをみたいです
4 おすしをたべたいです

...答 え...
1 2 3 4

第 35 題 模擬試題

第 36 題 模擬試題

CD 2-36

1　3ねんまえ
2　2ねんまえ
3　きょねんのあき
4　ことしのはる

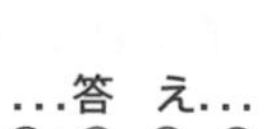

第 37 題 模擬試題

CD 2-37

1　おいしくないから
2　たかいから
3　おとこのひとがネクタイをしめていないから
4　えきの近くのしょくどうのほうがおいしいから

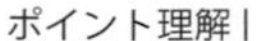

問題 2 第 33 題 答案跟解說

女の留学生と、男の先生が話しています。女の留学生は、なんという言葉の読み方がわかりませんでしたか。

F：先生、この言葉の読み方がわかりません。教えてください。

M：この言葉ですか。「さいふ」ですよ。

F：それは何ですか。

M：お金を入れる入れ物のことですよ。

F：ああ、そうですか。ありがとうございました。

女の留学生は、なんという言葉の読み方がわかりませんでしたか。

【譯】 女留學生和男老師正在交談。請問這位女留學生不知道什麼詞語的讀法呢？

F：老師，我不知道這個詞該怎麼念，請教我。

M：這個詞嗎？是「錢包」喔！

F：那是什麼呢？

M：就是指裝錢的東西呀！

F：喔喔，原來是那個呀！謝謝您！

請問這位女留學生不知道什麼詞語的讀法呢？

【選項中譯】 1 老師　2 錢包　3 錢　4 容器

問題 2 第 34 題 答案跟解說

パーティーで、女の人と男の人が話しています。男の人は、初めに何をしたいですか。

F：冷たい飲み物はいかがですか。

M：今は飲み物はいりません。灰皿を貸してくださいませんか。

F：たばこは外で吸ってください。こちらです。

M：ああ、ありがとう。きれいな庭ですね。たばこを吸ってから、中でおすしをいただきます。

男の人は、初めに何をしたいですか。

【譯】 女士和男士正在派對上交談。請問這位男士想先做什麼呢？

F：您要不要喝點什麼冷飲呢？

M：我現在不需要飲料。可以借我一個菸灰缸嗎？

F：請到戶外抽菸，往這裡走。

M：喔喔，謝謝。這院子好漂亮呀！我先抽完菸，再進去裡面享用壽司。

請問這位男士想先做什麼呢？

【選項中譯】 1 想喝飲料　2 想抽菸　3 想看院子　4 想吃壽司

攻略的要點

解題的訣竅

男老師回答了「『さいふ』ですよ」，所以正確答案是 2 。另外，「入れ物」（容器）這個單字對N5來說雖然有點難，現在不記也沒關係。「なんという」（叫什麼）表示不知道該東西的名稱。

單字・慣用句及文法的意思

① という〔名詞〕(叫做…)

② 言葉（ことば）(詞彙)

③ 方（かた）(…法)

④ 財布（さいふ）(錢包)

⑤ それ (那個)

⑥ お金（かね）(錢)

⑦ 入れ物（いれもの）(容器)

攻略的要點

解題的訣竅

因為提到「たばこを吸ってから、中でおすしをいただきます」（我先抽完菸，再進去裡面享用壽司），所以最先想做的事情是抽菸。正確答案是 2 。「動詞てから」（先做 ，然後再做 ）結合兩個句子，表示前句的動作做完後，再進行後句的動作。這個句型強調先做前項的動作。「動詞ます形＋たい」。表示說話人（第一人稱）內心希望某一行為能實現，或是強烈的願望。疑問句時表示聽話者的願望。可譯作「 想要做 」。

單字・慣用句及文法的意思

① 冷たい（つめたい）(冰冷的)

② 貸す（かす）(借〔出〕)

③ たばこ (香菸)

④ 外（そと）(外面)

⑤ 吸う（すう）(抽〔菸〕)

⑥ こちら (這裡)

⑦ 庭（にわ）(庭院)

⑧ すし (壽司)

問題 2 第 35 題 答案跟解說

会社で、男の人と女の人が話しています。会社に来たのは、どの人ですか。

M：増田さんがいないとき、井上さんという人が来ましたよ。

F：男の人でしたか。

M：いいえ、女の人でした。仕事で来たのではなくて、増田さんのお友だちだと言っていましたよ。

F：井上という女の友だちは、二人います。どちらでしょう。眼鏡をかけていましたか。

M：いいえ、眼鏡はかけていませんでした。背が高い人でしたよ。

会社に来たのは、どの人ですか。

【譯】男士和女士正在公司裡交談。請問來過公司的是哪位呢？

M：增田小姐不在的時候，有位姓井上的人來過喔！ F：是先生嗎？

M：不是，是一位小姐。她不是來洽公的，說自己是增田小姐的朋友喔！

F：姓井上的女性朋友，我有兩個，不知道是哪一個呢？有沒有戴眼鏡？

M：不，沒有戴眼鏡。身高很高喔！

請問來過公司的是哪位呢？

問題 2 第 36 題 答案跟解說

男の人と女の人が話しています。女の人の赤ちゃんは、いつ生まれましたか。

M：あなたは３年前に東京に来ましたね。いつ結婚しましたか。

F：今から２年前です。去年の秋に子どもが生まれました。

M：男の子ですか。 F：いいえ、女の子です。

M：３人家族ですね。

F：ええ。でも、今年の春から犬も私たちの家族になりました。

女の人の赤ちゃんは、いつ生まれましたか。

【譯】男士和女士正在交談。請問這位女士的寶寶是什麼時候出生的呢？

M：妳是三年前來到東京的吧？什麼時候結婚的呢？

F：兩年前。去年秋天生小孩了。

M：是男孩嗎？

F：不是，是女孩。

M：現在變成一家三口囉！

F：是呀。不過，從今年春天家庭成員又多了一隻狗。

請問這位女士的寶寶是什麼時候出生的呢？

【選項中譯】 1 三年前　2 兩年前　3 去年秋天　4 今年春天

攻略的要點

解題的訣竅

看到這張圖，馬上反應是跟人物有關的，然後腦中馬上出現「男、女、眼鏡をかける、背が高い」等單字，甚至其它可以看到的外表描述等等，然後瞬間區別他們的性別、身高、髮型及穿戴上的不同。

這道題要問的是「來過公司的是哪位呢？」，抓住這個大方向。一聽到「女の人でした」（是一位小姐），馬上刪去 1 和 3 的男士，最後剩下 2 跟 4 ，要馬上區別出她們的不同就在有無戴眼鏡，還有身高了。最後的關鍵在男士說的「眼鏡はかけていませんでした。背が高い人でした」（沒有戴眼鏡。身高很高），知道答案是 4 。

單字・慣用句及文法的意思

① 会社[かいしゃ]（公司）
② いる（〔有生命體或動物〕有，存在）
③ 〔理由〕＋で（因為…）
④ 友達[ともだち]（朋友）
⑤ どちら（哪一個）
⑥ 背[せ/せい]（身高）
⑦ 高[たか]い（高）

攻略的要點

解題的訣竅

這一題出現了幾個干擾項目，而且所有相關的時間詞多，出現的時間點也都靠得很近，例如來東京的「三年前」、結婚時間的「二年前」，最後還有小狗出生的時間「今年春天」所以要跟上速度，腦、耳、手並用，一一記下。還好，對話中明確提到了「去年の秋に子どもが生まれました」（去年秋天生小孩了）這個解答。正確答案是 3 。

單字・慣用句及文法的意思

① 赤[あか]ちゃん（嬰兒）
② 生[う]まれる（出生）
③ 〔時間〕＋に（在…）
④ 東京[とうきょう]（東京）
⑤ 去年[きょねん]（去年）
⑥ ～人家族[にんかぞく]（…人家庭，一家…口）
⑦ 犬[いぬ]（狗）

問題 2 第 37 題 答案跟解說

男(おとこ)の人(ひと)と女(おんな)の人(ひと)が話(はな)しています。二人(ふたり)はどうして有名(ゆうめい)なレストランで晩(ばん)ご飯(はん)を食(た)べませんか。

M：あのきれいな店(みせ)で晩(ばん)ご飯(はん)を食(た)べましょう。

F：あの店(みせ)は有名(ゆうめい)なレストランです。お金(かね)がたくさんかかりますよ。

M：大丈夫(だいじょうぶ)ですよ。お金(かね)はたくさん持(も)っています。

F：でも、違(ちが)うお店(みせ)に行(い)きましょう。

M：どうしてですか。

F：ネクタイをしめていない人(ひと)は、あの店(みせ)に入(はい)ることができないのです。

M：そうですか。では、駅(えき)の近(ちか)くの食堂(しょくどう)に行(い)きましょう。

二人(ふたり)はどうして有名(ゆうめい)なレストランで晩(ばん)ご飯(はん)を食(た)べませんか。

【譯】男士和女士正在交談。他們兩人為什麼不在知名的餐廳吃晚餐呢？

M：我們去那家很漂亮的餐廳吃晚餐吧！

F：那家店是很有名的餐廳，一定要花很多錢吧。

M：別擔心啦，我帶了很多錢來。

F：可是我們還是去別家餐廳吧！

M：為什麼？

F：因為沒繫領帶的客人不能進去那家餐廳吃飯。

M：這樣喔。那麼，我們到車站附近的餐館吧！

他們兩人為什麼不在知名的餐廳吃晚餐呢？

【選項中譯】 1 因為不好吃　2 因為很貴　3 因為男士沒有繫領帶　4 因為車站附近的餐館比較好吃

攻略的要點

解題的訣竅

在女士說了「違うお店に行きましょう」（還是去別家餐廳吧）後，男士詢問了理由，女士則回答「ネクタイをしめていない人は、あの店に入ることができないのです」（因為沒有繫領帶的客人不能進去那家餐廳吃飯），男士接著說「では、駅の近くの食堂に行きましょう」（那麼，我們到車站附近的餐館吧）。從男士的回答可以知道他理解了女士的考量，也可推測男士現在是沒有繫領帶的。正確答案是 3。

單字・慣用句及文法的意思

① 有名（ゆうめい）（有名）
② 形容動詞な＋名詞（…的…）
③ レストラン（餐廳）
④ 食（た）べる（吃）
⑤ きれい（漂亮；乾淨）
⑥ 違（ちが）う（不同）
⑦ 近（ちか）く（近）

N5 聽力模擬考題　問題3

発話表現

もんだい3では、えを　みながら　しつもんを　きいて　ください。
➡（やじるし）の　ひとは、なんと　いいますか。1から3の　なかから、
いちばん　いい　ものを　ひとつ　えらんで　ください。

第 1 題 模擬試題

...答え...

① ② ③

第 2 題 模擬試題

...答え...

① ② ③

第 3 題 模擬試題

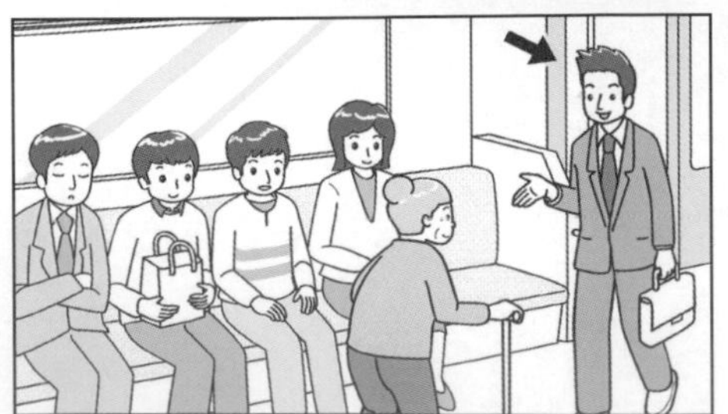

...答え...

① ② ③

第 4 題 模擬試題

...答え...

1 2 3

第 5 題 模擬試題

...答え...

1 2 3

第 6 題 模擬試題

...答え...

問題 3 第 1 題 答案跟解說

朝(あさ)、起(お)きました。家族(かぞく)に何(なん)と言(い)いますか。

M：1．行(い)ってきます。

2．こんにちは。

3．おはようございます。

【譯】早上起床了。請問這時該對家人說什麼呢？

M：1．我要出門了。

2．午安。

3．早安。

問題 3 第 2 題 答案跟解說

今(いま)からご飯(はん)を食(た)べます。何(なん)と言(い)いますか。

F：1．いただきます。

2．ごちそうさまでした。

3．いただきました。

【譯】現在要吃飯了。請問這時該說什麼呢？

F：1．我開動了。

2．我吃飽了。

3．收下了。

問題 3 第 3 題 答案跟解說

電車(でんしゃ)の中(なか)で、あなたの前(まえ)におばあさんが立(た)っています。何(なん)と言(い)いますか。

M：1．どうしますか。

2．どうぞ、座(すわ)ってください。

3．私(わたし)は立(た)ちますよ。

【譯】在電車裡，你的面前站著一位老婆婆。請問這時該說什麼呢？

M：1．怎麼辦呢？

2．請坐。

3．我站起來囉！

攻略的要點

早上的問候語是「おはようございます」（早安），這是對長輩或上司的說法。也可以只說「おはよう」來表達問早的禮貌。正確答案是３。

１　「行ってきます」（我要出門了），是每天出門前跟家人，或在公司外出時跟同事說的問候語。

２　「こんにちは」（午安），這是中午至日落之間，見面時問好、打招呼的問候語。

單字・慣用句及文法的意思

① おはようございます（早安）

攻略的要點

用餐前的致意語是「いただきます」（我開動了）。這個詞有「拜受」的意思。因此，含有對烹調的人表達感謝之意，也含有對食物本身，及生產食物者的感激。正確答案是１。

２　「ごちそうさまでした」（我吃飽了，多謝款待）。這是用餐結束時感謝主人款待的致意詞。

３　「いただきました」（收下了）。不是致意語，而是「もらいました（收下了）」或「食べました（吃了）」的敬語。通常很少單獨使用。

單字・慣用句及文法的意思

① いただきます（開動了）

② ごちそうさまでした（我吃飽了；多謝款待）

攻略的要點

在車上要讓座時，應該說的是2的「どうぞ、座ってください」（請坐）。前面的「どうぞ」（請），讓整句話顯得更客氣了。正確答案是２。

１　「どうしますか」（怎麼辦呢？）。這是用在詢問對方準備要選擇什麼樣的行動時，語意不符。

３　「私は立ちますよ」（我站起來囉）。這句話在文法上沒有任何錯誤，但語意不符。

單字・慣用句及文法的意思

① 座(すわ)る（坐）

② 立(た)つ（站）

問題 3 第 4 題 答案跟解說

家に帰りました。家族に何と言いますか。

F：1．いま帰ります。

2．行ってきます。

3．ただいま。

【譯】回家了。請問這時該對家人說什麼呢？

F：1．我現在要回來。

2．我出門了。

3．我回來了。

問題 3 第 5 題 答案跟解說

店で、棚の中の赤いさいふを買いたいです。店の人に何と言いますか。

F：1．すみませんが、その赤いさいふを見せてください。

2．すみませんが、その赤いさいふを買いませんか。

3．すみませんが、その赤いさいふは売りませんか。

【譯】在店裡想買櫃上的紅色錢包。請問這時該向店員說什麼呢？

F：1．不好意思，請給我看那只紅色的錢包。

2．不好意思，請問要不要買那只紅色的錢包呢？

3．不好意思，請問那只紅色的錢包要賣嗎？

問題 3 第 6 題 答案跟解說

前を歩いていた男の人が、電車の切符を落としました。何と言いますか。

F：1．切符落としちゃだめじゃないですか。

2．切符なくしましたよ。

3．切符落としましたよ。

【譯】走在前方的那位男士掉了電車車票。請問這時該對他說什麼呢？

F：1．怎麼可以把車票弄掉了呢？

2．車票不見了喔！

3．車票掉了喔！

攻略的要點

回家時的問候語是「ただいま」（我回來了）。用在家人（或自己公司的人），回家時對家裡的人說的話。正確答案是 3 。

1　「我現在要回家」不是問候語。這句話用在，如果很晚了還在外逗留，結果被家人打電話來指責「怎麼這麼晚還不回家」，這時候就用這句話來回答。

2　這是現在要出門時的問候語。

攻略的要點

三個選項的前面「すみませんが、その赤いさいふ」（不好意思，那個紅色的錢包）都一樣，問題在後面的動詞。就購物習慣而言，買東西前當然會先看個清楚，「見せてください」（請讓我看看）符合題意。「見せて」（讓…看一下）是「見せる」的て型，句型「てください」（請…）。正確答案是選項 1 。

2　這句是詢問對方是否要購買，由顧客提出這樣問題，顯得不合常理。另外，店員徵詢顧客的意願時，常說的有「その赤いさいふはいかがですか（那個紅色的錢包如何呢）」。

3　同樣地，商店本來就是要賣東西的，顧客提出「那個紅色的錢包要賣嗎」，也顯得不合常理。

攻略的要點

看到前面有人掉了車票，把對方叫住，告訴對方「切符を落としましたよ」（車票掉了喔）。「落とす」是無意中丟掉、丟失了，多用在丟掉了一般的東西，如車票、雨傘、錢包等。正確答案是選項 3 。

1　「だめじゃないですか」（怎麼行…呢）含有指責對方的語感。對陌生人這樣說是很沒禮貌的，不正確。

2　「切符をなくしましたよ」（車票不見了喔），「落とす」（掉了）和「なくす」（弄丟了）不同。「なくす」是指東西從自己的領域丟掉了，通常當事人會先察覺到自己的東西弄丟了。因此，不管是遺失者或拾獲者都不可能這樣說的。

單字・慣用句及文法的意思

① 切符（きっぷ）（票券）

② なくす（不見，弄丟）

第 7 題 模擬試題

...答え...

1 2 3

第 8 題 模擬試題

...答え...

1 2 3

第 9 題 模擬試題

...答え...

1 2 3

第10題 模擬試題

...答え...

1 2 3

第11題 模擬試題

...答え...

1 2 3

第12題 模擬試題

...答え...

1 2 3

問題 3 第 7 題 答案跟解說

学校(がっこう)から帰(かえ)るとき、先生(せんせい)に会(あ)いました。何(なん)と言(い)いますか。

F：1．さようなら。

2．じゃ、お元気(げんき)で。

3．こんにちは。

【譯】從學校放學回家時遇到了老師。請問這時該說什麼呢？

F：1．再見。

2．那麼，請多保重。

3．午安。

問題 3 第 8 題 答案跟解說

お隣(となり)の家(いえ)に行(い)きます。入(い)り口(ぐち)で何(なん)と言(い)いますか。

F：1．おーい。

2．ごめんください。

3．入(はい)りましたよ。

【譯】去隔壁鄰居家。請問這時在大門處該說什麼呢？

F：1．喂！

2．有人在家嗎？

3．我進來了喔！

問題 3 第 9 題 答案跟解說

おじさんに、本(ほん)を借(か)りました。返(かえ)すとき、何(なん)と言(い)いますか。

M：1．ごちそうさまでした。

2．失礼(しつれい)しました。

3．ありがとうございました。

【譯】向叔叔借了書。請問歸還的時候該說什麼呢？

M：1．我吃飽了。

2．失陪了。

3．謝謝您。

攻略的要點

道別的說法，如果是向老師等長輩或比較正式的場合，可以說「さようなら」（再見）。和平輩或朋友也可以說「さようなら」，不過比較常用的是語氣相對輕鬆的「バイバイ」（bye-bye）、「じゃ、またね」（那，再見囉）、「じゃね」（掰囉）。正確答案是 1。

2　「じゃ、お元気で」（那麼，多保重），也是道別的說法。但這是向要去遠行或回遠方，接下來有一段時間見不到面的人說的，譬如去旅行，或是要回國的人。

3　這是用在中午到日落之間的問候語。除了「午安」的意思之外，也是日本人一般常用的問好、打招呼的問候語喔。

單字・慣用句及文法的意思

① さようなら（再見）

② お元気で（保重）

攻略的要點

「ごめんください」是拜訪的時候，客人在門口的寒暄用語，意思是「有人嗎？打擾了」。這個詞除了含有確認「有人嗎？」之外，也表示因為自己的造訪，給主人帶來的麻煩表示歉意，請求諒解之意。正確答案是 2 。

1　「おーい」（喂）這是用在叫喚遠處的人的呼喚聲。

3　這句話單獨使用時語意不明。而且沒有這樣的習慣用法。

3　這句話單獨使用時語意不明。

單字・慣用句及文法的意思

① おーい（喂～〔呼喚遠方的人〕）

② ごめんください（有人在嗎）

攻略的要點

原則上，如果是對剛剛做完的，或是即將做的事表示感謝，就用「ありがとうございます」，如果是對已經完成的事表示感謝，就用「ありがとうございました」。因此，在借書的當下應該說「ありがとうございます」，而在歸還的時候就說「ありがとうございました」。正確答案是 3 。

1　這是用餐結束時的致意語。如果是在作客的情況下，客人說「ごちそうさまでした」（多謝款待），主人習慣致意說「お粗末さまでした」（粗茶淡飯，招待不周）。

2　「失礼しました」（抱歉；失陪了）。表示「道歉」跟「失陪了」的意思，沒有感謝的意思。不正確。

單字・慣用句及文法的意思

① おじさん（叔叔；伯伯）

② 失礼しました（對不起；先失陪了）

問題 3 第 10 題 答案跟解說

八百屋(やおや)でトマトを買(か)います。お店(みせ)の人(ひと)に何(なん)と言(い)いますか。

F：1．トマトをください。

2．トマト、いりますか。

3．トマトを買(か)いました。

【譯】要在蔬果店買蕃茄。請問這時該向店員說什麼呢？

F：1．請給我蕃茄。

2．你要蕃茄嗎？

3．我買了蕃茄。

問題 3 第 11 題 答案跟解說

友(とも)だちが新(あたら)しい服(ふく)を着(き)ています。何(なん)と言(い)いますか。

F：1．ありがとう。

2．きれいなスカートですね。

3．どういたしまして。

【譯】朋友穿了新衣服來。請問這時該說什麼呢？

F：1．謝謝。

2．這裙子好漂亮喔！

3．不客氣。

問題 3 第 12 題 答案跟解說

店(みせ)に人(ひと)が入(はい)ってきました。店(みせ)の人(ひと)は何(なん)と言(い)いますか。

F：1．ありがとうございました。

2．また、どうぞ。

3．いらっしゃいませ。

【譯】有人進到店內了。請問這時店員會說什麼呢？

F：1．謝謝您。

2．歡迎再度光臨。

3．歡迎光臨。

攻略的要點

「ください」（給我）在這裡是跟對方表示想要（買）某某東西的意思，因此，正確答案是 1。

2　「いります」（需要）這句話是問蔬果店的店員要不要蕃茄。不正確。

3　這句話表示已經買蕃茄了。不正確。

單字・慣用句及文法的意思

① 八百屋（やおや）（蔬果店）

攻略的要點

選項當中比較恰當的答案，只有稱讚服裝好看的 2。「きれいなスカート」（漂亮的裙子）中的「きれいだ」（漂亮的），後面接名詞時中間要接「な」。正確答案是 2。

1　這句話是用來致謝的。「ありがとう」比「ありがとうございます」說法簡短、輕鬆，用在對朋友或晚輩的時候。不正確。

3　「どういたしまして」（不客氣）。對方跟您致謝，就用這句話是來回答致意。「どういたしまして」含有我並沒有做什麼，所以不用介意的意思。不正確。

單字・慣用句及文法的意思

① スカート（裙子）

攻略的要點

到日本的商店或餐廳時，店員會以「いらっしゃいませ」這句話來歡迎顧客光臨。正確答案是 3。「いらっしゃいませ」也用在，客人來訪時，表示歡迎的說法。

1　這句話可以用在結帳後把收據遞給顧客，或是顧客離開時的店員說的致謝詞。

2　「また、どうぞ」（歡迎再度光臨）。這句話一樣是顧客離開時，店員說的致意詞。是「またどうぞ来てください」（歡迎再度光臨）的省略說法。

單字・慣用句及文法的意思

① いらっしゃいませ（歡迎光臨）

第 13 題 模擬試題

...答え...
1 2 3

第 14 題 模擬試題

...答え...
1 2 3

第 15 題 模擬試題

...答え...
1 2 3

第16題 模擬試題

...答え...

1 2 3

第17題 模擬試題

...答え...

1 2 3

第18題 模擬試題

...答え...

1 2 3

問題 3 第 13 題 答案跟解說

知(し)らない人(ひと)に水(みず)をかけました。何(なん)と言(い)いますか。

F：1．すみません。

2．こまります。

3．どうしましたか。

【譯】 噴水噴到陌生人了。請問這時該說什麼呢？

F：1．對不起。

2．真傷腦筋。

3．怎麼了嗎？

問題 3 第 14 題 答案跟解說

会社(かいしゃ)で、知(し)らない人(ひと)にはじめて会(あ)います。何(なん)と言(い)いますか。

M：1．ありがとうございます。

2．はじめまして。

3．失礼(しつれい)しました。

【譯】 在公司和陌生人初次見面。請問這時該說什麼呢？

M：1．謝謝您。

2．幸會。

3．抱歉。

問題 3 第 15 題 答案跟解說

学校(がっこう)から家(いえ)に帰(かえ)ります。友(とも)だちに何(なん)と言(い)いますか。

M：1．じゃ、また明日(あした)。

2．ごめんなさいね。

3．こちらこそ。

【譯】 從學校要回家了。請問這時該向同學說什麼呢？

M：1．那，明天見！

2．對不起喔！

3．不客氣！

攻略的要點

「すみません」（抱歉），表示做錯某事，內心非常不安，抱歉的心情無法用言語表現之意。噴水噴到陌生人了，一定要道歉才行，因此只有選項１符合。

２　「こまります」（真傷腦筋）。這句話應該是感到困擾的人說的話。也用在遇到困難想不出辦法、能力等不足感到困窘的時候。

３　「どうしましたか」（怎麼了嗎）。這是詢問狀況的提問。用在當對方看起來有異狀而提出的時候。其他也用在醫生問病人，大人問哭泣的小孩等等。

單字・慣用句及文法的意思

① 水（みず）（水）

② かける（噴到〔水〕；懸掛）

攻略的要點

「はじめまして」（初次見面，請多指教）。是第一次見面的問候語。比較正式的說法是「はじめまして。○○と申します。よろしくお願いします」（幸會，敝姓○○，請多指教），也是常用基本句型。這句話含有因為是初次見面，言行如有不當，還請原諒。也懇請在不為難的情況下，多關照、指導一下之意。正確答案是２。

１　這句話是道謝的說法。

３　「失礼しました」（抱歉）。這是致歉詞。跟用在離開時道別的「失礼します」（失陪了），比起來「失礼しました」用在表示道歉的時候比較多。另外，要打擾對方的時候，也要先致意一下說「失礼します」（打擾了）。

單字・慣用句及文法的意思

① 初（はじ）めて（第一次）

② はじめまして（幸會）

攻略的要點

「じゃ、また明日」（那，明天見）。跟明天還會再見面的朋友道別時，最常用這句話。也可以簡單的說「じゃ、またね」（明天見）、「じゃね」（再見），也很常用「バイバイ」（bye-bye）。正確答案是１。

２　「ごめんなさいね」（對不起喔）。是致歉用語。這是用在覺得自己有錯，請求對方原諒，而且談話雙方關係比較親密的時候。也可以更簡短的說「ごめんね」（對不起喔）。

３　「こちらこそ」（不客氣）。「こちら」在這裡指說話人自己，「こそ」（才是）有強調的意思。當別人向你道謝時，回答「哪裡，哪裡」或「不客氣」就用這句話。意思是「我才應該謝謝你」，即使事實上沒有該道謝的也可以這樣說。「こちらこそ」也用在道歉的時候。表示我也有錯「我才應該跟你道歉」的意思。

單字・慣用句及文法的意思

① ごめんなさい（對不起）

② こちらこそ（彼此彼此，我才該向你謝謝）

問題 3 第 16 題 答案跟解說

ねます。家族（かぞく）に何（なん）と言（い）いますか。

F：1．こんばんは。

2．おねなさい。

3．おやすみなさい。

【譯】準備要睡覺了。請問這時該向家人說什麼呢？

F：1．晚上好。

2．X

3．晚安！

問題 3 第 17 題 答案跟解說

友（とも）だちが「ありがとう」と言（い）いました。何（なん）と言（い）いますか。

F：1．どういたしまして。

2．どうしまして。

3．どういたしましょう。

【譯】朋友說了「謝謝」。請問這時該說什麼呢？

F：1．不客氣。

2．X

3．該怎麼做呢？

問題 3 第 18 題 答案跟解說

夜（よる）、道（みち）で人（ひと）に会（あ）いました。何（なん）と言（い）いますか。

M：1．こんばんは。

2．こんにちは。

3．失礼（しつれい）します。

【譯】晚間在路上遇到人了。請問這時該說什麼呢？

M：1．晚上好。

2．午安。

3．打擾了。

攻略的要點

解題的訣竅

睡前互道晚安時要說「おやすみなさい」（晚安），也可以簡短的說「おやすみ」。正確答案是 3。

1 「こんばんは」（晚上好）。這是在晚上，遇到認識的人或陌生人說的問候語。含有平安的過了一天，今晚又是一個美好的夜晚之意。由於說法客氣，所以一般不用在朋友和親近的家人之間。不正確。

2 沒有這樣的說法。不正確。

單字・慣用句及文法的意思

① こんばんは（晚安〔晚上用〕）

② お休（やす）みなさい（晚安〔睡前、道別用〕）

攻略的要點

聽到別人道謝時，最適合的回應就是選項 1 的「どういたしまして」（不客氣）了。正確答案是 1。

2 沒有這樣的說法。不正確。

3 「どういたしましょう」（您覺得該怎麼做呢）。這是問對方有什麼想法的尊敬說法。發音跟「どういたしまして」很接近，要小心聽清楚喔！

單字・慣用句及文法的意思

① どういたしまして（不客氣）

攻略的要點

「こんばんは」（晚上好）。是在晚上遇到認識的人或陌生人說的問候語。因此，適合夜間的問候語只有選項 1 而已囉。

2 「こんにちは」（午安，你好）。這是用在中午至日落之間，遇到認識的人或陌生人說的問候語。說法客氣，一般不用家人、朋友之間。

3 「失礼します」（打擾了）。用在要打擾對方，例如進入老師的辦公室時，先致意一下聲的寒暄語。另外，接到對方打電話，談話結束了，準備掛電話前，也可以跟對方說「失礼します」來代替「再見」。

第19題 模擬試題

...答え...

1 2 3

第20題 模擬試題

...答え...

1 2 3

第21題 模擬試題

...答え...

1 2 3

第22題 模擬試題

...答え...

① ② ③

第23題 模擬試題

...答え...

① ② ③

第24題 模擬試題

...答え...

① ② ③

問題 3 第 19 題 答案跟解說

ご飯(はん)が終(お)わりました。何(なん)と言(い)いますか。

M：1．ごちそうさま。

2．いただきます。

3．すみませんでした。

【譯】吃完飯了。請問這時該說什麼呢？

M：1．吃飽了。
2．開動了。
3．對不起。

問題 3 第 20 題 答案跟解說

映画館(えいがかん)でいすにすわります。隣(となり)の人(ひと)に何(なん)と言(い)いますか。

M：1．ここにすわっていいですか。

2．このいすはだれですか。

3．ここにすわりましたよ。

【譯】想要在電影院裡坐下。請問這時該向鄰座的人說什麼呢？

M：1．請問我可以坐在這裡嗎？
2．請問這張椅子是誰呢？
3．我要坐在這裡了喔！

問題 3 第 21 題 答案跟解說

友(とも)だちと映画(えいが)に行(い)きたいです。何(なん)と言(い)いますか。

M：1．映画(えいが)を見(み)ましょうか。

2．映画(えいが)を見(み)ますね。

3．映画(えいが)を見(み)に行(い)きませんか。

【譯】你想要和朋友去看電影。請問這時該說什麼呢？

M：1．我們來看電影吧！
2．要去看電影囉！
3．要不要去看電影呢？

攻略的要點

解題的訣竅

「ごちそうさまでした」（我吃飽了，多謝款待）。這是用餐結束時的致意語。這個詞漢字寫「ご馳走様でした」，由於以前準備一頓飯，可是要騎著馬四處奔走收集的，於是客人把這奔波感激之情，融入了這句「多謝款待」裡。正確答案是１。

２　「いただきます」（我開動了）。是即將要開動用餐時的致意語。

３　「すみませんでした」（抱歉）。做錯某事，例如不小心碰到別人、給對方添麻煩等，表示歉意的說法。跟請求對方原諒的「ごめんなさい」（對不起）比起來，「すみませんでした」比較著重在承認自己做錯事，內疚的心情。

攻略的要點

在不是對號入座的電影院，問對方旁邊的空位有沒有人坐的時候，就用選項１。也可以說「ここ、あいてますか」（請問這裡沒人坐嗎）。回答可以說「はい、どうぞ」（是的，請坐）或「すみません、連れが来るんです」（不好意思，等下還有人會過來）。。正確答案是１。電影院多數是對號入座的，但近來也有一些是非對號入座的。

２　「いす」不是人類，不能用「だれ」來詢問。因此，這句話不僅文法錯誤，也不適用在這個場景。

３　這句話的文法雖然沒有錯誤，但語意不對。

單字・慣用句及文法的意思

① 映画館（えいがかん）（電影院）

攻略的要點

選項１、２、３的前半段都一樣有「映画を見」（看電影），但是選項３的「に行きませんか」（要不要去…呢）是委婉邀約的說法，含有提出邀請，而要不要接受，決定權在對方，說法最恰當。正確答案是３。

１　「ましょうか」（來…吧）。用在事先已經約好，而且確定對方會同意自己的提議時。例如已經跟朋友約好，到家裡「先吃飯，然後再看影片」，而現在剛吃完飯，就可以說「さて、映画を見ましょうか」（那麼，我們來看影片吧）。

２　「ね」是用在略微強調自己的意見，或叮嚀對方的時候。也表示感到驚訝的心情，例如「１か月に20本？　本当によく映画を見ますね」（一個月看二十部？你還真常看電影呀）等。

單字・慣用句及文法的意思

① 映画（えいが）（電影）

問題 3 第 22 題 答案跟解說

向こうにある荷物がほしいです。何と言いますか。

F：1．すみませんが、あの荷物を取ってくださいませんか。

2．おつかれさまですが、あれを取りませんか。

3．大丈夫ですが、あれを取ってください。

【譯】想要請人家幫忙拿擺在那邊的東西。請問這時該說什麼呢？

F：1．不好意思，可以幫我拿那件行李嗎？

2．辛苦了，但是您不拿那個嗎？

3．我沒事，可是請幫忙拿那個。

問題 3 第 23 題 答案跟解說

先生の部屋から出ます。何と言いますか。

M：1．おはようございます。

2．失礼しました。

3．おやすみなさい。

【譯】準備要離開老師的辦公室。請問這時該說什麼呢？

M：1．早安。

2．報告完畢。

3．晚安。

問題 3 第 24 題 答案跟解說

会社に遅れました。会社の人に何と言いますか。

M：1．僕も忙しいのです。

2．遅れたかなあ。

3．遅れて、すみません。

【譯】上班遲到了。請問這時該跟公司的人說什麼呢？

M：1．我也很忙。

2．是不是遲到了呢？

3．我遲到了，對不起。

攻略的要點

解題的訣竅

「すみませんが」表示自己將給對方添麻煩或增加負擔，所以日本人習慣在請求對做某事之前，用「すみませんが」作開場白，如果後面再接「動詞てくださいませんか」，就顯得更有禮貌了。正確答案是 1。

2　「取りませんか」（不拿那個嗎？）。沒有請求的意思。「ませんか」（要不要…呢？）是委婉邀請對方的說法。

3　「あれを取ってください」（請幫忙拿那個）。在這裡也是可以這樣用的，只是前面的「大丈夫ですが」（我沒事）語意不明，在這種情況下是無法使用的。「大丈夫」用在，例如有人跌倒了，問的人說「大丈夫ですか」（不要緊嗎？），表示關心對方是否有問題的關懷語。被問的人回答說「大丈夫です」（沒事），表示自己沒事。

單字・慣用句及文法的意思

① 向（む）こう（那邊；對面）

攻略的要點

解題的訣竅

從老師或上司的辦公室告退時，通常要說「失礼しました」或「失礼します（先告退了）」。在學校一般都用前一種說法。正確答案是 2 。另外，要打擾對方時，要先說一句「失礼します」（打擾了）。不能說「失礼しました」喔！

1　早上見面時的問候語。

3　睡前互道晚安的致意語。

攻略的要點

解題的訣竅

遲到了給對方添了許多麻煩，心裡不安感到抱歉時，說「すみません」（抱歉）。正確答案是 3 。「すみません」還有感謝的意思，例如別人讓座位給自己，就用這句話表達謝意。這時含有說話者覺得讓對方費心了，給對方帶來負擔的意思。

1　「僕も忙しいのです」（我也很忙）。這個是找藉口的說法。這樣的回答方式，在日本的現實社會是不恰當的。

2　「遅れたかな」（是不是遲到了呢）。這是不確定自己是否已經遲到了的疑問句。身為上班族，應該要做好時間管理，因此這個回答也不恰當。

單字・慣用句及文法的意思

① 遅（おく）れる（遲到）

第25題 模擬試題

...答え...

1 2 3

第26題 模擬試題

...答え...

1 2 3

第27題 模擬試題

...答え...

1 2 3

第28題 模擬試題

...答え...

① ② ③

第29題 模擬試題

...答え...

① ② ③

第30題 模擬試題

...答え...

① ② ③

第31題 模擬試題

...答え...

① ② ③

問題 3 第 25 題 答案跟解說

ボールペンを忘れました。そばの人に何と言いますか。

F：1．ボールペンを貸してくださいませんか。

2．ボールペンを借りてくださいませんか。

3．ボールペンを貸しましょうか。

【譯】忘記帶原子筆了。請問這時該跟隔壁同學說什麼呢？

F：1．能不能向你借原子筆呢？
2．能不能來借原子筆呢？
3．借你原子筆吧？

問題 3 第 26 題 答案跟解說

メロンパンを買います。何と言いますか。

M：1．メロンパンでもください。

2．メロンパンをください。

3．メロンパンはおいしいですね。

【譯】要買菠蘿麵包。請問這時該說什麼呢？

M：1．請隨便給我一塊菠蘿麵包之類的。
2．請給我菠蘿麵包。
3．菠蘿麵包真好吃對吧？

問題 3 第 27 題 答案跟解說

人の話がよくわかりませんでした。何と言いますか。

F：1．もう一度話してください。

2．もしもし。

3．よくわかりました。

【譯】聽不太清楚對方的話。這時該說什麼呢？

F：1．請再說一次。
2．喂？
3．我完全明白了。

攻略的要點

解題的訣竅

請求對方說「麻煩借給我」的只有選項１而已。「動詞てくださいませんか」（麻煩給我…）這是用在有禮貌的請求對方做對自己有益的事情之時。回答時，可以說「はい」（好的）或「はい、いいですよ」（好的，沒問題）。正確答案是１。

２　這句話的意思變成借出去的是我，而借用的是對方。「借りる」是我借（入），對方的東西借給自己；「貸す」是我借（出），把自己的東西借給對方。例如：「ペンを借ります」（我借入一支筆）；「ペンを貸す」（我借出一支筆）。

３　這句話同樣是建議由我借出去給對方的意思。

攻略的要點

選項２的「ください」（給我）是直接跟店員表示想要（買）菠蘿麵包的意思。正確答案是２。

１　「でも」用於舉例，含有除了菠蘿麵包之外的麵包也可以的意思。「でも」也有對前接的名詞，給予不高的評價之意。因此，這句話也可以解釋成，原本想買其他種類的麵包，但今天已經賣完了，不得已只好買別的來代替。不正確。

３　這是敘述菠蘿麵包的味道，並沒有說出現在想要買什麼東西。不正確。

攻略的要點

沒有聽清楚對方說的話時，就說「もう一度話してください」（請再說一次）。「もう」（再，另外）。「一度」（一次），選項１最恰當。

２　「もしもし」用在打電話的時候，相當於我們的「喂」。「もしもし」來自「申し上げます」這個字的「申し」，當初電話還是由接線生轉接的時候，表示跟接電話的人說「申し上げます」（向您報備一下）的意思。「もしもし」也用在呼喚不認識的人，引起對方的注意的時候。例如有人手帕掉了，就說「もしもし、ハンカチ落としましたよ」（喂，你的手帕掉了喔）。不正確。

３　「よくわかりました」（我完全明白了）。表示完全聽懂對方的意思了。這個回答跟問題相互矛盾。不正確。

問題 3 第 28 題 答案跟解說

おいしい料理(りょうり)を食(た)べました。何(なん)と言(い)いますか。

M：1．よくできましたね。

2．とてもおいしかったです。

3．ごちそうしました。

【譯】吃了很美味的飯菜。這時該說什麼呢？

M：1． 做得真好啊！

2． 非常好吃！

3． 我請客了。

問題 3 第 29 題 答案跟解說

バスに乗(の)ります。バスの会社(かいしゃ)の人(ひと)に何(なん)と聞(き)きますか。

M：1．このバスですか。

2．山下駅(やましたえき)はどこですか。

3．このバスは、山下駅(やましたえき)に行(い)きますか。

【譯】準備要搭巴士。這時該向巴士公司的員工問什麼呢？

M：1． 是這輛巴士嗎？

2． 請問山下站在哪裡呢？

3． 請問這輛巴士會經過山下站嗎？

攻略的要點

解題的訣竅

用餐完畢了，順理成章的就是要回答「ごちそうさまでした」（多謝款待），但沒有這個選項。再看一下題目，剛才享用的是「美味的飯菜」，因此以敘述對料理的感想的選項 2「とてもおいしかったです」（非常好吃）最恰當。當然「おいしかった」（好吃，謝謝）就含有「ごちそうさまでした」的對做料理的人、生產食物的人，還有對作為食物提供給我們的所有生命，表示感謝的意思。正確答案是 2。

1　是讚美對方的說法。例如在烹飪課，學生以很少的食材，在很短的時間做出美味的料理，老師就可以用「よくできましたね」，來讚美學生。不正確。

3　「ごちそうしました」（我請客了）。注意喔這個選項不是「ごちそうさまでした」，千萬不要誤聽了。請別人吃飯，就說這句話。不正確。

攻略的要點

解題的訣竅

搭巴士前想先問清楚的事有好幾種，但這裡只有選項 3「請問這輛巴士會經過山下站嗎」明確地點到了想問的事，因此是正確答案。

1　只有這句話，對方不知道你想問什麼。如果前面再補一句話，例如「山下駅行きは、このバスですか」（請問開往山下車站的是這輛巴士嗎），就說得通了。

2　「山下車站在哪裡」，這句話和搭巴士沒有直接的關係。不正確。

問題 3 第 30 題 答案跟解說

客に肉の焼き方を聞きます。何と言いますか。

M：1．よく焼いたほうがおいしいですか。

2．焼き方はどれくらいがいいですか。

3．何の肉が好きですか。

【譯】顧客詢問烤肉的方式。這時該說什麼呢？

M：1．烤熟一點比較好吃嗎？

2．請問要烤到幾分熟比較好呢？

3．請問您喜歡吃哪種肉呢？

問題 3 第 31 題 答案跟解說

部屋にいる人たちがうるさいです。何と言いますか。

M：1．少し、静かにしてください。

2．少し、うるさくしてくださいませんか。

3．少し手伝ってください。

【譯】現在在房間裡的人們非常吵。這時該說什麼呢？

M：1．請稍微安靜一點。

2．能不能請你們稍微吵一點呢？

3．請幫我一下。

詢問客人肉要烤幾分熟，選項 2「請問要考到幾分熟比較好」最適當。「焼き方」中，「動詞ます形+方」表示前接動詞的方法，也就是燒烤的方法、燒烤的熟度。

1　服務生應該不會詢問顧客這句話，如果是顧客問服務生就有可能了。

3　這句話是服務生對還沒有決定餐點的顧客提供建議的，並沒問到肉的燒烤方法。不正確。

單字・慣用句及文法的意思

① 焼く（燒，烤）

「少し、静かにしてください」（請稍微安靜一點）。訓斥房間裡的其他人太吵了的，只有選項 1 而已。「てください」（請…）表示請求、指示或命令某人做某事。一般常用在老師跟學生、上司對部屬、醫生對病人等指示、命令的時候。正確答案是 1。

2　「うるさい」（吵鬧）不單指音量大，還有嫌惡的語意。因此，不論現在吵或不吵，請對方再吵一點這句話本身就不合常理。不正確。「動詞てくださいませんか」（麻煩給我…）跟「…てください」一樣表示請求。但是說法更有禮貌，由於請求的內容給對方負擔較大，因此有婉轉地詢問對方是否願意的語氣。

3　「うるさい」（吵鬧）和「手伝う」（幫忙）二者沒有關係。不正確。

單字・慣用句及文法的意思

① うるさい（吵的）

② 手伝う（幫忙）

N5 聽力模擬考題　問題４

即時応答

もんだい４は、えなどが　ありません。ぶんを　きいて、１から３の なかから、いちばん　いい　ものを　ひとつ　えらんで　ください。

第 1 題 模擬試題

— メモ —

...答え...

1 2 3

第 2 題 模擬試題

— メモ —

...答え...

1 2 3

第 3 題 模擬試題

— メモ —

...答え...

1 2 3

第 4 題 模擬試題

— メモ —

...答え...

1 2 3

第 5 題 模擬試題

— メモ —

...答え...

1 2 3

第 6 題 模擬試題

— メモ —

...答え...

1 2 3

問題 4 第 1 題 答案跟解說

F：お国(くに)はどちらですか。

M：1．ベトナムです。

2．東(ひがし)からです。

3．日本(にほん)にやって来(き)ました。

F：請問您是從哪個國家來的呢？

M：1．越南。

2．從東方來的。

3．來到了日本。

問題 4 第 2 題 答案跟解說

F：今日(きょう)は何曜日(なんようび)ですか。

M：1．15日(にち)です。

2．火曜日(かようび)です。

3．午後(ごご)2時(じ)です。

F：請問今天是星期幾呢？

M：1．十五號。

2．星期二。

3．下午兩點。

問題 4 第 3 題 答案跟解說

M：これはだれの傘(かさ)ですか。

F：1．私(わたし)にです。

2．秋田(あきた)さんのです。

3．だれのです。

M：請問這是誰的傘呢？

F：1．是給我的。

2．是秋田小姐的。

3．是誰的。

攻略的要點

「お国」的接頭語「お」是表示尊敬的敬語，因此，「お国」指的是對方的「母國」。所以這一題問的是對方來自什麼國家，回答這個問題，應該以選項 1 的國名「ベトナム」（越南）最為恰當。

2　不正確。「東からです」（從東方來的）。這句話的問話，如果是「太陽はどちらから昇りますか」（太陽是從哪一邊升起的呢），就可以這樣回答。

3　不正確。「やって来る」和「来る」的意思大致相同。也就是說，說話者說出這句話的時候，本人已經來到日本了。這一題問的是「你來自哪個國家」，可是這個「你」卻回答自己來到哪個國家，當然是答非所問了。

單字・慣用句及文法的意思

① お国（貴國）　② 東（東邊，東方）

攻略的要點

「何曜日」（星期幾）。問的是星期幾，正確答案只有選項 2 的「火曜日」（星期二）了。

1　這是針對問日期的回答。問話應該是「今日は何日ですか」（今天幾號？）。

3　這是針對問時刻的回答。問話應該是「今何時ですか」（現在幾點？）。

單字・慣用句及文法的意思

① 何曜日（星期幾）

攻略的要點

問話是「請問這是誰的雨傘？」，其中的「だれの」是「誰的？」的意思。選項 2 的「秋田さんのです」（是秋田小姐的），「の」（的）後面省略了「傘」，也就是「秋田さんの傘です」。「の」後面可以省略前面已經提過的名詞。正確答案是 2 。

1　由於問的是「だれの」（誰的？），所以回答「私に」（給我），就答非所問了。這裡的「に」（給…）表示動作、作用的對象。例如「友達に電話をしました。」（打電話給朋友）。

3　如果要以疑問句來回答問題，應該說「だれのでしょうね」（到底是誰的呢？）或「だれのか分かりません」（不曉得是誰的？）等。但說「だれのです」（是誰的？），語意不通。

單字・慣用句及文法的意思

① 名詞＋の（…的）

問題 4 第 4 題 答案跟解說

F：きょうだいは何人(なんにん)ですか。

M：1．両親(りょうしん)と兄(あに)です。

2．弟(おとうと)はいません。

3．私(わたし)を入(い)れて4人(にん)です。

F：請問你有幾個兄弟姊妹呢？

M：1．父母和哥哥。

2．沒有弟弟。

3．包括我在內總共四個人。

問題 4 第 5 題 答案跟解說

CD 4-5

M：あなたの好(す)きな食(た)べ物(もの)は何(なん)ですか。

F：1．おすしです。

2．トマトジュースです。

3．イタリアです。

M：請問你喜歡的食物是什麼呢？

F：1．壽司。

2．蕃茄汁。

3．義大利。

問題 4 第 6 題 答案跟解說

M：あなたは、何(なに)で学校(がっこう)に行(い)きますか。

F：1．とても遠(とお)いです。

2．地下鉄(ちかてつ)です。

3．友(とも)だちといっしょに行(い)きます。

M：請問你是用什麼交通方式到學校的呢？

F：1．非常遠。

2．地下鐵。

3．和朋友一起去。

攻略的要點

被問到「你有幾個兄弟姊妹？」，以回答人數的選項 3 「包括我在內總共四個人」為正確答案。回答方式還有不直接回答總人數，而是具體描述說「姉が一人と弟が一人です」（我有一個姊姊和一個弟弟）。

1　這是回答「家庭成員」的說法。

2　這句話的重點在「弟」（弟弟）身上，因此與提問不符。

攻略的要點

被問到「你喜歡的食物是什麼？」，以回答「食べ物」（食物）的選項 1 「おすしです」（壽司）為正確答案。「おすし」的接頭語「お」是美化語，使用美化語會讓自己說的話更顯高雅。

2　如果問話是「あなたの好きな飲み物は何ですか」（你喜歡的飲料是什麼？），這個回答就正確了。但問話要問的是「食べ物」（食物）。所以不正確。

3　這是回答「哪個國家」的說法。「イタリア」是「義大利」。

攻略的要點

這個問句的重點在「何で（なにで）」（搭乘什麼），「何」（什麼），「で」（用…）在這裡表示使用的交通工具。所以，選項 2 回答交通工具的「地下鉄です」（地下鐵）才是正確答案。除了「なにで」之外，還可以用「何で（なんで）」（搭乘什麼）的說法，但是「なんで」有「為什麼」的意思，這很可能會讓對方誤以為問的是「理由」，此外「なにで」的語感也比較正式。

1　這是回答「距離」的說法。但對方問的不是距離。

3　這是回答「だれといっしょに行きますか」（跟誰一起去）的說法。「といっしょに」（跟…一起）表示一起去做某事的對象。對方問的不是「誰と」（跟誰去）。

第 7 題 模擬試題

— メモ —

...答え...

1 2 3

第 8 題 模擬試題

— メモ —

...答え...

1 2 3

第 9 題 模擬試題

— メモ —

...答え...

1 2 3

第 10 題 模擬試題

— メモ —

...答え...

1 2 3

第 11 題 模擬試題

— メモ —

...答え...

1 2 3

第 12 題 模擬試題

— メモ —

...答え...

1 2 3

問題 4 第 7 題 答案跟解說

F：図書館(としょかん)は何時(なんじ)までですか。

M：1．午前(ごぜん) 9 時(じ)からです。

2．月曜日(げつようび)は休(やす)みです。

3．午後(ごご) 6 時(じ)までです。

F：請問圖書館開到幾點呢？

M：1．從早上九點開始。

2．星期一休館。

3．開到下午六點。

問題 4 第 8 題 答案跟解說

F：今(いま)、何時(なんじ)ですか。

M：1．3 月(がつ) 3 日(みっか)です。

2．12 時半(じはん)です。

3．5 分間(ふんかん)です。

F：現在是幾點呢？

M：1．三月三號。

2．十二點半。

3．五分鐘。

問題 4 第 9 題 答案跟解說

M：今日(きょう)の夕飯(ゆうはん)は何(なん)ですか。

F：1．7 時(じ)にはできますよ。

2．カレーライスです。

3．レストランには行(い)きません。

M：今天晚飯要吃什麼呢？

F：1．七點前就會做好了喔！

2．咖哩飯。

3．不會去餐廳。

攻略的要點

這一題的關鍵在「何時まで」（開到幾點），以選項 3 的「午後 6 時までです」（開到下午六點）為正確答案。〔時間〕＋から、〔時間〕＋まで，表示時間的起點和終點。表示時間的範圍。「から」前面的名詞是開始的時間，「まで」前面的名詞是結束的時間。可譯作「從…到…」。

1　這是回答「何時から」（幾點開放）的說法。

2　這是回答休館日的說法。「休み」（休息）有公司、機關休息不開放的意思，也有缺席、請假、睡覺的意思。

單字・慣用句及文法的意思

① 休み（やすみ）（休息；休假）

攻略的要點

這題問「現在是幾點呢？」，知道詢問的是時刻「何時」（幾點）。因此，只有回答時刻的選項 2「12時半です」（是12點半）為正確答案。

1　這是回答日期「何月何日」（幾月幾號）的說法。

3　這是回答時間長度的說法。

單字・慣用句及文法的意思

① 三日（みっか）（三天）

攻略的要點

這題問「今天晚飯要吃什麼呢？」，回答餐點名稱的只有選項 2「カレーライスです」（咖哩飯）。正確答案是 2。

1　這是針對「夕飯は何時ですか」（幾點要吃晚餐呢），而回答的說法。

3　提問中沒有提到餐廳。不正確。「レストラン」一般指洋式餐廳，有時也指中式餐廳。

問題 4 第 10 題 答案跟解說

M：そのサングラス、どこで買(か)ったんですか。

F：1．安(やす)かったです。

　　2．駅(えき)の前(まえ)のめがね屋(や)さんです。

　　3．先週(せんしゅう)の日曜日(にちようび)です。

M：那支太陽眼鏡是在哪裡買的呢？

F：1．買得很便宜。

　　2．在車站前面的眼鏡行。

　　3．上星期天買的。

問題 4 第 11 題 答案跟解說

M：荷物(にもつ)が重(おも)いでしょう。私(わたし)が持(も)ちましょうか。

F：1．いえ、大丈夫(だいじょうぶ)です。

　　2．そうしましょう。

　　3．どういたしまして。

M：東西很重吧？我來幫你提吧？

F：1．不用了，我沒問題的。

　　2．那就這樣吧。

　　3．不客氣。

問題 4 第 12 題 答案跟解說

F：今(いま)、どんな本(ほん)を読(よ)んでいるのですか。

M：1．はい、そうです。

　　2．やさしい英語(えいご)の本(ほん)です。

　　3．図書館(としょかん)で借(か)りました。

F：你現在正在讀什麼書呢？

M：1．是的，沒錯。

　　2．簡易的英文書。

　　3．在圖書館借來的。

攻略的要點

解題的訣竅

這題關鍵在「どこで」（在哪裡），知道問的是場所，而回答地點的只有選項 2「駅の前のめがね屋さんです」（在車站前面的眼鏡行）。「屋」接在名詞下面，表示店、舖及其經營者。

1　對方沒有問到價錢。

3　對方沒有問是什麼時候購買的。

攻略的要點

男士所說的「私が持ちましょうか」（我來幫你提吧？），其中，「動詞ましょうか」（我來幫你做…吧），雖然可以用在提議雙方一起做某件事，但這裡用的是「私が」（由我來做）的說法，男士意思是交由自己來提就好了。因此，只有選項 1 有禮貌的婉拒回應，才是恰當的答案。

2　「そう」在這裡指對方剛剛講過的「我來幫你提」這件事。但是，「動詞ましょう」是雙方一起做某件事，因此，跟這個回答產生矛盾。另外，「動詞ましょう」也用在委婉的命令，但沒有委託的意思。假如是希望由男士單獨提行李，可以說「すみませんが、お願いします」（不好意思，麻煩您了）。

3　這句話是用在對方跟您致謝時，致意回答表示「不客氣」的說法。

3　這句話用於答謝的時候。

攻略的要點

問句的關鍵在「どんな本」（什麼書），知道是詢問書籍的內容，因此最恰當的答案只有選項 2「やさしい英語の本です」（簡易的英文書）。

1　「はい、そうです」（是的，沒有錯），是用在一般疑問句的回答，跟對方表示「是的，沒有錯」。不能用在回答疑問詞開頭的疑問句上。不正確。

3　這裡問的是「どんな本を読んでいる」（閱讀什麼樣的書？）並沒有問到在哪裡租到這本書。不正確。

單字・慣用句及文法的意思

① やさしい（簡單的；溫柔的）

② 英語（えいご）（英語）

第13題 模擬試題

— メモ —

...答え...

1 2 3

第14題 模擬試題

— メモ —

...答え...

1 2 3

第15題 模擬試題

— メモ —

...答え...

1 2 3

第16題 模擬試題

— メモ —

...答え...

1 2 3

第17題 模擬試題

— メモ —

...答え...

1 2 3

第18題 模擬試題

— メモ —

...答え...

問題 4 第 13 題 答案跟解說

F：えんぴつを貸(か)してくださいませんか。

M：1．はい、どうぞ。

2．ありがとうございます。

3．いいえ、いいです。

F：可以麻煩借我鉛筆嗎？

M：1．來，請用。

2．謝謝妳。

3．不，不用了。

問題 4 第 14 題 答案跟解說

F：いつから歌(うた)を習(なら)っているのですか。

M：1．いつもです。

2．12 年間(ねんかん)です。

3．6 歳(さい)のときからです。

F：請問您是從什麼時候開始上課唱歌的呢？

M：1．隨時。

2．這十二年來。

3．從六歲開始。

問題 4 第 15 題 答案跟解說

M：どこがいたいのですか。

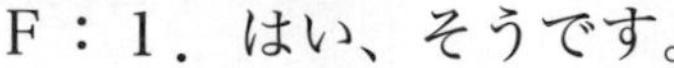

F：1．はい、そうです。

2．足(あし)です。

3．とてもいたいです。

M：請問是哪裡痛呢？

F：1．對，是這樣的。

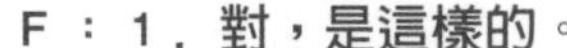

2．腳。

3．非常痛。

攻略的要點

回答對方的請求「可以麻煩借我鉛筆嗎」，並答應的只有選項１「はい、どうぞ」（來，請用）。「動詞てくださいませんか」（麻煩給我…）用在請求對方幫自己做某事。「借りる」是我借（入）；「貸す」是我借（出）。「はい、どうぞ」用在把某樣東西遞給對方，邊遞出邊說的一句話。正確答案是1。

２　這是用在感謝對方的好意及親切，不是回答請求的說法。

３　這是拒絕提議的說法。「いいです」（不用了）有這麼多我有已經足夠了，不需要更多的婉轉拒絕的意思。「いいです」（沒問題），還有沒問題的，沒關係的肯定答應的意思。看到前面否定的「いいえ」（不）知道是拒絕了。

攻略的要點

問句的關鍵在「いつから」（什麼時候開始），以選項３「６歳のときからです」（從六歲開始）為正確答案。「いつ」表示不知道什麼時候的意思。

１　這是回答頻率的說法。不正確。「いつも」表示同樣的狀態的一直持續著，例如「いつも元気ですね」（總是很有精神）。同樣的事物頻繁地發生，例如「朝ごはんはいつもパンです」（早餐都是吃麵包）。

２　這是回答期間的說法。不正確。

單字・慣用句及文法的意思

① いつ（什麼時候）

攻略的要點

「どこがいたいのですか」（哪裡痛呢），問的是疼痛的部位，當然是以回答身體部位的選項２「足です」（腳）為正確答案了。

１　「はい、そうです」（是的，沒有錯），不用在回答疑問詞開頭的疑問句上（如這個問句，就是以疑問句開頭「どこ」），而是用在一般疑問句的回答。不正確。

３　這是回答疼痛的程度的說法。但是問句並沒有問到「どのくらいいたいのですか」（有多痛呢？）。不正確。

問題 4 第 16 題 答案跟解說

M：この仕事(しごと)はいつまでにやりましょうか。

F：1．夕方(ゆうがた)までです。

2．どうかやってください。

3．大丈夫(だいじょうぶ)ですよ。

M：請問這項工作什麼時候以前要做完呢？

F：1．傍晚前做完。

2．請務必幫忙。

3．沒問題的呀！

問題 4 第 17 題 答案跟解說

M：いっしょに旅行(りょこう)に行(い)きませんか。

F：1．はい、行(い)きません。

2．いいえ、行(い)きます。

3．はい、行(い)きたいです。

M：要不要一起去旅行呢？

F：1．好，不去。

2．不，要去。

3．好，我想去。

問題 4 第 18 題 答案跟解說

F：暗(くら)くなったので、電気(でんき)をつけますね。

M：1．つけるでしょうか。

2．はい、つけてください。

3．いいえ、つけます。

F：天色變暗了，我開燈囉。

M：1．要開燈嗎？

2．好，麻煩開燈。

3．不，要開燈。

攻略的要點

問句的關鍵在「いつまでに」（什麼時候以前），以回答期限的選項 1「夕方までです」（傍晚以前）為最恰當的答案。

2　題目問的是期限，這裡回答的卻是請求對方幫忙，顯然答非所問。「どうか」（請務必）表示向對方強烈的請求。

3　如果對方詢問「この仕事を夕方までにやってほしいんですが。」（我希望你能在傍晚之前完成這項工作，可以嗎？）這時候就可以用「大丈夫ですよ」（沒問題的啊）來回答了。

攻略的要點

題目是男士邀約對方一起去旅行，因此以回答要去或不去的選項 3「はい、いきたいです」（好，我想去）才是正確答案。「動詞ます形＋たい」（想要…）表示說話人內心希望某一行為能實現，或是強烈的願望。

1　「行きません」（不去）這樣的拒絕方式雖然過於直接，但還不算是錯誤。只是，前面先答應說「はい」，後面又說不去，顯然前後矛盾。

2　前面拒絕說「いいえ」（不）；後面又接了「行きます」（要去），顯然前後矛盾。

攻略的要點

問句「電気をつけますね」（我開燈囉），是提議的說法，「ね」有徵求對方同意的語氣。回答以表示請託、指令的句型「～てください」，來同意對方提議的選項 2「はい、つけてください」（好，麻煩開燈）為正確答案。問句中的「ので」（因為…）表示客觀地敘述前後兩項事的因果關係，前句是原因，後句是因此而發生的事。

1　這個回答語意不明。

3　因為「いいえ」（不）表示否定對方的提議，接下來應該說「不必開燈沒關係」才合理。但後面接的卻是「つけます」（要開燈）不合邏輯。

單字・慣用句及文法的意思

① 暗い（くら）（暗的）

② つける（開〔燈〕）

第 19 題 模擬試題

— メモ —

...答え...

① ② ③

第 20 題 模擬試題

— メモ —

...答え...

① ② ③

第 21 題 模擬試題

— メモ —

...答え...

① ② ③

第22題 模擬試題

— メモ —

...答え...

1 2 3

第23題 模擬試題

— メモ —

...答え...

1 2 3

第24題 模擬試題

— メモ —

...答え...

1 2 3

問題 4 第 19 題 答案跟解說

F：あなたは何人（なんにん）きょうだいですか。

M：1．3人（にん）です。

2．弟（おとうと）です。

3．5人家族（にんかぞく）です。

F：你家有幾個兄弟姊妹呢？

M：1．三個。

2．是弟弟。

3．我家裡總共有五個人。

問題 4 第 20 題 答案跟解說

F：コーヒーと紅茶（こうちゃ）とどちらがいいですか。

M：1．はい、そうしてください。

2．コーヒーをお願（ねが）いします。

3．どちらもいいです。

F：咖啡和紅茶，想喝哪一種呢？

M：1．好，麻煩你了。

2．麻煩給我咖啡。

3．兩種都想要。/ 兩種都不要。

問題 4 第 21 題 答案跟解說

M：ここに名前（なまえ）を書（か）いてくださいませんか。

F：1．はい、わかりました。

2．どうも、どうも。

3．はい、ありがとうございました。

M：能不能麻煩您在這裡寫上名字呢？

F：1．好，我知道了。

2．你好、你好！

3．好的，感謝你！

攻略的要點

問句要問的是「何人」（幾個人），「きょうだい」漢字寫「兄弟」（兄弟姊妹），也就是要問數量「你有幾個兄弟姊妹呢？」，回答以選項１「３人です」（三個）最正確答案。

２　這是用在回答「你家裡有哪些兄弟姊妹」的說法。如果這個選項改成正確的回答，就要說「僕と弟の二人兄弟です」（家裡只有我和弟弟兩兄弟）。

３　這是回答家族成員的說法，也就是回答家裡共有多少人的說法。「家族」一般指「住在一起的家人」，通常包括祖父母、父母、配偶、兄弟姊妹、兒女、孫子等。因此不是正確答案。

攻略的要點

問句中有表示二選一的「どちら」（哪一個），也就是要從前面的咖啡和紅茶中選出一個來。只有選項２回答了其中之一「コーヒーをお願いします」（麻煩給我咖啡）。正確答案是２。

１　由於「どちら」表示從中選出其一，因此回答時，不能用「はい／いいえ」。

３　「どちらも」（兩個都…）的意思是「コーヒーと紅茶の両方とも（咖啡和紅茶兩種）」，而「いいです」有兩個意思，一是「兩個都想要」，二是「兩個都不要」，但無論是哪一個，都不適合用在這裡的回答。如果要表示「哪一種都可以」，應該說「どちらでもいいです」，意思是「咖啡也可以，紅茶也可以」，含有要哪一種就交給對方來決定了。

攻略的要點

看到請求對方幫自己做某事的「動詞てくださいませんか」（麻煩給我…），知道這裡要以答應對方請託的選項１「はい、わかりました」（好的，我知道了）最為恰當了。

２　這個回答用在這裡不恰當。「どうも」通常是替代「ありがとう」（謝謝）或「こんにちは」（您好）的說法。

３　這句話用在表示謝意。

問題 4 第 22 題 答案跟解說

M：どうしたのですか。

F：1．財布(さいふ)がないからです。

2．財布(さいふ)をなくしたのです。

3．財布(さいふ)がなくて困(こま)ります。

M：怎麼了嗎？

F：1．因為錢包不見了。

2．我錢包不見了。

3．沒有錢包很困擾。

問題 4 第 23 題 答案跟解說

M：この車(くるま)には何人(なんにん)乗(の)りますか。

F：1．私(わたし)の車(くるま)です。

2．3人(にん)です。

3．先(さき)に乗(の)ります。

M：這輛車是幾人座的呢？

F：1．是我的車。

2．三個人。

3．我先上車了。

問題 4 第 24 題 答案跟解說

F：何時(なんじ)ごろ、出(で)かけましょうか。

M：1．10時(じ)ごろにしましょう。

2．8時(じ)に出(で)かけました。

3．お兄(にい)さんと出(で)かけます。

F：我們什麼時候要出發呢？

M：1．十點左右吧。

2．八點出門了。

3．要跟哥哥出門。

攻略的要點

解題的訣竅

「どうしたのですか」（怎麼了嗎？）用在對方看起來有異狀，而關心的提出詢問。因為男士覺得女士看起來有點奇怪，問她發生什麼事了，因此以說明情況的選項 2「財布をなくしたのです」（我錢包不見了）為正確答案。

1　由於說明理由的「から」（因為），是用在被問到「なぜ」或「どうして」的時候，因此與問句不符。

3　「困る」是用在接受自己心意方式的問題，因此與問句不符。

攻略的要點

問句要問的是「何人乗りますか」（幾人座的？），也就是車子可以搭載幾個人，因此以回答人數的選項 2「３人です」（三個人）為正確答案。

1　問句不是問車子是誰的，由誰擁有的。

3　問句不是問搭車的順序。

單字・慣用句及文法的意思

① 車（くるま）（車）

攻略的要點

問句要問的是「何時ごろ」（幾點，什麼時候）。以建議「10時ごろ」（10點左右）的選項 1 為正確答案。

2　「ましょうか」是對未來的疑問，而這一句的「出かけました」是指過去的事。不正確。

3　問句沒有提到「だれと」（跟誰）。不正確。

第25題 模擬試題

— メモ —

...答え...

1 2 3

第26題 模擬試題

— メモ —

...答え...

1 2 3

第27題 模擬試題

— メモ —

...答え...

1 2 3

第28題 模擬試題

— メモ —

...答え...

1 2 3

第29題 模擬試題

— メモ —

...答え...

1 2 3

第30題 模擬試題

— メモ —

...答え...

1 2 3

問題 4 第 25 題 答案跟解說

F：ここには、何回来ましたか。

M：1．10 歳のときに来ました。

2．初めてです。

3．母と来ました。

F：這裡你來過幾趟了？

M：1．十歲的時候來的。

2．第一次。

3．是和媽媽一起來的。

問題 4 第 26 題 答案跟解說

F：誕生日はいつですか。

M：1．8月 3 日です。

2．24 歳です。

3．まだです。

F：你生日是什麼時候呢？

M：1．八月三號。

2．二十四歲。

3．還沒有。

問題 4 第 27 題 答案跟解說

M：この花はいくらですか。

F：1．スイートピーです。

2．3 本で 400 円です。

3．春の花です。

M：這種花多少錢呢？

F：1．碗豆花。

2．三枝四百日圓。

3．春天的花。

攻略的要點

這個問句的關鍵在「何回」（幾次），以回答次數的選項 2「初めてです」（第一次）為正確答案。乍聽之下，回答的句子雖然沒有出現「～回」的形式，但「初めて」是指以前沒有來過，這次是第一次的意思，也就等於回答了對方的提問了。

1　問句不是問「いつ来ましたか」（什麼時候來的）。

3　問句沒有提到「だれと」（跟誰）。不正確。

攻略的要點

由於問的是「いつ」（什麼時候），因此以回答特定日期的選項 1「8 月 3 日」為正確答案。

2　問句不是問年齡。

3　「まだです」（還沒有）。如果是問「誕生日のプレゼントをもらいましたか」（拿到生日禮物了嗎），就可以用這句話回答。

攻略的要點

由於問的是「いくら」（多少錢），因此以回答價格的選項 2「3 本で400円です」（三枝四百日圓）為正確答案。

1　問句沒有問到花的名稱或種類。

3　問句沒有問到是哪一個季節的花。

問題 4 第 28 題 答案跟解說

M：きらいな食(た)べ物(もの)はありますか。

F：1．野菜(やさい)がきらいです。

2．くだものがすきです。

3．スポーツがきらいです。

M：你有討厭的食物嗎？

F：1．我討厭蔬菜。

2．我喜歡水果。

3．我討厭運動。

問題 4 第 29 題 答案跟解說

F：この洋服(ようふく)、どうでしょう。

M：1．5,800円(えん)ぐらいでしょう。

2．白(しろ)いシャツです。

3．きれいですね。

F：這件洋裝好看嗎？

M：1．大概要五千八百日圓吧？

2．白襯衫。

3．好漂亮喔！

問題 4 第 30 題 答案跟解說

F：外国旅行(がいこくりょこう)は好(す)きですか。

M：1．好(す)きな方(ほう)です。

2．はい、行(い)きました。

3．いいえ、ありません。

F：你喜歡到國外旅行嗎？

M：1．還算喜歡。

2．是的，我去了。

3．不，沒有。

攻略的要點

針對「ありますか」的問句，回答一般是「はい、あります」（有）或「いいえ、ありません」（沒有）。但有時候會省略了是或不是，而直接具體說出。就像選項 1 省略了「はい、あります」，而直接具體說「野菜がきらいです」（我討厭蔬菜）這樣。正確答案是 1。

2　這是回答喜歡吃的食物的說法。但這裡要問的是「きらいな食べ物」（討厭的食物）。不正確。

3　問句要問的是「食べ物」（食物），不是運動。因此，回答「スポーツ」是答非所問囉。

單字・慣用句及文法的意思

① 嫌（きら）い（討厭）

② 野菜（やさい）（蔬菜）

攻略的要點

由於問句是「どうでしょう」（如何呢？），要問的是有什麼感覺或意見。雖然有各種回答方式，但這裡只有選項 3 說出感覺的「きれいですね」（好漂亮喔）符合文意。

1　問句沒有提到價格。假如問的是「この洋服、いくらだと思いますか」（你猜這件洋裝多少錢呢？），那就可以這樣回答了。

2　問句並不是問衣服的種類或顏色。

單字・慣用句及文法的意思

① 洋服（ようふく）（西服，西裝）

攻略的要點

由於問句要問的是「好きですか」（喜歡嗎？），所以回答就必須是喜歡或不喜歡了。選項 1 的「好きな方です」（還算喜歡），「方」（一方），意思是如果問我喜歡或不喜歡，我是偏向喜歡那一方啦，但又不能說是百分之百的喜歡。正確答案是1。

2　問句問的是「喜不喜歡」，而不是「去過了沒」。

3　同樣的，問句問的不是「有沒有」。

第31題 模擬試題

— メモ —

...答え...

1 2 3

第32題 模擬試題

— メモ —

...答え...

1 2 3

第33題 模擬試題

— メモ —

...答え...

1 2 3

第34題 模擬試題

— メモ —

...答え...

1 2 3

第35題 模擬試題

— メモ —

...答え...

1 2 3

第36題 模擬試題

— メモ —

...答え...

1 2 3

第37題 模擬試題

— メモ —

...答え...

1 2 3

問題 4 第 31 題 答案跟解說

F：あなたの国(くに)は、どんなところですか。

M：1．おいしいところです。

2．とてもかわいいです。

3．海(うみ)がきれいなところです。

F：你的國家是個什麼樣的地方呢？

M：1．很好吃的地方。

2．非常可愛。

3．海岸風光很美的地方。

問題 4 第 32 題 答案跟解說

F：あなたは今(いま)いくつですか。

M：1．5人家族(にんかぞく)です。

2．22歳(さい)です。

3．日本(にほん)に来(き)て8年(ねん)です。

F：你現在幾歲呢？

M：1．全家共有五個人。

2．二十二歲。

3．來日本八年了。

問題 4 第 33 題 答案跟解說

CD
4-33

M：どこで写真(しゃしん)をとったのですか。

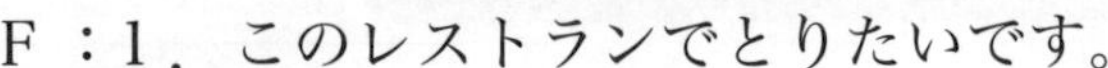

F：1．このレストランでとりたいです。

2．あのレストランです。

3．いいえ、とりません。

M：請問這是在哪裡拍的照片呢？

F：1．我想在這家餐廳拍照。

2．在那家餐廳。

3．不，我沒拍。

攻略的要點

這個問句的關鍵在「どんなところ」（什麼樣的地方？），要問的是抽象的特徵。符合這一要求的是選項 3「海がきれいなところです」（海岸風光很美的地方）。正確答案是 3。

1　這句如果是回答「魚がおいしいところです」（是魚很好吃的地方），還算勉強可以。但是，這個回答仍然不足以完整描述那是個什麼樣的地方。

2　這個選項答非所問。「かわいい」是形容小巧玲瓏、可愛的人或事物，它讓人產生想要保護、擁有的感情。

攻略的要點

「いくつ」在這裡問的是年齡，而回答年齡的只有選項 2「22歳です」（二十二歲）而已。

1　這是針對「何人家族ですか」（請問您家裡有幾個人呢？），或是「ご家族は何人ですか」（請問府上有多少人呢）等問題的回答。

3　這是針對「日本に何年住んでいるんですか」（請問您在日本住多少年了呢？），或是「日本での生活は何年ですか」（請問您在日本生活多少年了呢？）等問題的回答。

攻略的要點

這裡要問的是「どこで」（在哪裡），因此以回答地點的選項 2「あのレストランです」（在那家餐廳）最適當。「場所＋で」（在…）表示動作進行的場所。

1　由問句中的「とった」（拍了）可以知道照片已經拍了，而這個答句的「とりたい」（想拍）表示想拍照，也就是還沒有拍照的意思。不正確。

3　對於以疑問詞開頭的句子，不能以「はい／いいえ」（是／不是）來回答。

問題 4 第 34 題 答案跟解說

M：どの人(ひと)が鈴木(すずき)さんですか。

F：1．私(わたし)の友(とも)だちです。

2．あの、青(あお)いシャツを着(き)ている人(ひと)です。

3．1年前(ねんまえ)に日本(にほん)に来(き)ました。

M：請問哪一位是鈴木先生呢？

F：1．是我的朋友。

2．那位穿著藍襯衫的人。

3．在一年前來到了日本。

問題 4 第 35 題 答案跟解說

CD
4-35

M：いちばん好(す)きな色(いろ)は何(なん)ですか。

F：1．黄色(きいろ)です。

2．青(あお)いのです。

3．赤(あか)い花(はな)です。

M：你最喜歡什麼顏色呢？

F：1．黃色。

2．是藍色的。

3．紅色的花。

攻略的要點

解題的訣竅

由於問的是「どの人」（哪一個人），因此以描述人物外表的選項２「あの、青いシャツを着ている人です」（那位穿著藍襯衫的人）最適當。

１　這句話是回答，例如「昨日、うちに鈴木さんが来ました」（昨天，鈴木小姐來我家了），「それは誰ですか」（那個人是誰）的說法。

３　這句話是回答「いつ日本へ来ましたか」（什麼時候來日本的？）的說法。

攻略的要點

解題的訣竅

由於對方問的是「喜歡什麼顏色？」，因此以回答顏色的「黄色」（黃色）的選項１最適當。

２　由於「青いの」裡的「の」是省略了前面已經提過的名詞，也就是某個名詞的代稱。因此，應該用在比方「あなたの傘はどれですか」（你的傘是哪一把呢？）這類問句的回答。

３　這裡要問的不是「花」。

單字・慣用句及文法的意思

① 黄色（きいろ）（黃色）

問題 4 第 36 題 答案跟解說

F：もう晩(ばん)ご飯(はん)を食(た)べましたか。

M：1．いいえ、まだです。

2．はい、まだです。

3．いいえ、食(た)べました。

F：晚飯已經吃過了嗎？

M：1．不，還沒。

2．是的，還沒。

3．不，已經吃完了。

問題 4 第 37 題 答案跟解說

M：ご主人(しゅじん)は何(なに)で会社(かいしゃ)に行(い)きますか。

F：1．1時間(じかん)です。

2．電車(でんしゃ)です。

3．毎日(まいにち)です。

F：請問您先生是搭什麼交通工具去公司的呢？

M：1．一個小時。

2．搭電車。

3．每天。

攻略的要點

由於問句的女士問的是「もう＋肯定」的疑問句，因此她想問的是「晩ご飯を食べる」（吃晚飯）這件事是否已經完成了。如果已經完成該行為了，應該回答「はい、（もう）食べました」（是的，我〈已經〉吃過了）；如果還沒有完成，就要回答「いいえ、まだ食べていません」（不，我還沒吃），或「いいえ、まだです」（不，還沒）。正確答案是 1。

2　這句話是當被問到「晩ご飯はまだ食べていませんか」（你還沒有吃晚餐嗎）的時候，表示「はい、まだ食べていません」（是的，我還沒吃）的意思。

3　這句話同樣是當被問到「晩ご飯はまだ食べていませんか」的時候，表示「いいえ、もう食べました」（不，我已經吃過了）的意思。

關於選項 2 與 3，在回答否定疑問句時，日文和英文的回答邏輯是不一樣的。由於日文首先以「はい」或「いいえ」回答對方所說的話是否正確，因此對於否定疑問句的回答，會以「はい＋否定文」或「いいえ＋肯定文」的形式來表現。

攻略的要點

這個問句的關鍵在「なにで」（搭什麼），問的是交通手段，因此以選項 2「電車です」（搭電車）為最適當的答案。「名（交通工具）+で」（搭乘…），表示交通手段和方法。

1　問句問的不是時間。

3　問句問的不是頻率。

單字・慣用句及文法的意思

① ご主人（しゅじん）（您先生）

合格班日檢聽力N5

逐步解說＆攻略問題集(20K+MP3)

【日檢合格班2】

■ 發行人／林德勝

■ 著者／山田社日檢題庫組・吉松由美・田中陽子・西村惠子

■ 出版發行／山田社文化事業有限公司
臺北市大安區安和路一段112巷17號7樓
電話 02-2755-7622
傳真 02-2700-1887

■ 郵政劃撥／ 19867160號 大原文化事業有限公司

■ 總經銷／ 聯合發行股份有限公司
新北市新店區寶橋路235巷6弄6號2樓
電話 02-2917-8022
傳真 02-2915-6275

■ 印刷／上鎰數位科技印刷有限公司

■ 法律顧問／林長振法律事務所 林長振律師

■ 書＋MP3／定價 新台幣299元

■ 初版／2015年 9 月

© ISBN：978-986-246-277-5